A CIDADE SOMBRIA

Da autora:

Círculo negro

SÉRIE O MESTRE DAS RELÍQUIAS

A CIDADE SOMBRIA
A HERDEIRA PERDIDA
A COROA OCULTA
O MARGRAVE

CATHERINE FISHER
A CIDADE SOMBRIA

O MESTRE DAS RELÍQUIAS

LIVRO 1

Tradução
Bruna Hartstein

BERTRAND BRASIL

Rio de Janeiro | 2013

Copyright © 1998 *by* Catherine Fisher
Copyright © da tradução © 2013 *by* Editora Bertrand Brasil Ltda.

Título original: *The Dark City*

Capa: adaptação por Silvana Mattievich

Imagem de capa: © Sammy Yuen Jr, 2011.

Editoração: FA Studio

Texto revisado segundo o novo
Acordo Ortográfico da Língua Portuguesa

2013
Impresso no Brasil
Printed in Brazil

Cip-Brasil. Catalogação na fonte
Sindicato Nacional dos Editores de Livros, RJ

F565c	Fisher, Catherine, 1957
	A cidade sombria / Catherine Fisher; tradução Bruna Hartstein – Rio de Janeiro: Bertrand Brasil, 2013.
	336p.: 23 cm.
	Tradução de: The dark city
	Continua com: A herdeira perdida
	ISBN 978-85-286-1688-0
	1. Ficção inglesa. I. Hartstein, Bruna. II. Título. III. Série.
	CDD: 823
13-1709	CDU: 821.111-3

Todos os direitos reservados pela:
EDITORA BERTRAND BRASIL LTDA.
Rua Argentina, 171 – 2º andar – São Cristóvão
20921-380 – Rio de Janeiro – RJ
Tel.: (0xx21) 2585-2070 – Fax: (0xx21) 2585-2087

Não é permitida a reprodução total ou parcial desta obra, por quaisquer meios, sem a prévia autorização por escrito da Editora.

Atendimento e venda direta ao leitor:
mdireto@record.com.br ou (0xx21) 2585-2002

*Para Stephen Herrington,
pela ideia*

SUMÁRIO

A CAIXA DE FOGO 9

O ALARME DA ABELHA 65

OS VIGIAS, SEMPRE ALERTAS 127

A CIDADE FERIDA 193

A CASA DAS ÁRVORES 265

A CAIXA DE FOGO

1

O mundo não está morto. Ele ainda vive e respira. O mundo é um capricho da Deusa, e a jornada dela é eterna.

Litania dos Criadores

AS SETE LUAS estavam todas no céu ao mesmo tempo. Essa noite, elas se posicionavam do jeito que Galen costumava chamar de teia: uma no centro – Pyra, a pequena e vermelha – e as outras formando um círculo ao seu redor. Elas cintilavam acima das copas das árvores; era um bom presságio, a dança mais perfeita das irmãs.

Com os braços carregados de lenha para o fogo, Raffi ergueu os olhos e observou-as. Como experiência, abriu o terceiro olho e criou pequenos filamentos de luz roxa, que partiam da lua central em direção às outras, unindo-as numa malha reluzente. Após algum tempo, mudou a cor para o azul e a manteve assim durante alguns minutos. Mesmo depois de a luz esmorecer, um suave eco persistiu. Raffi observou-as até seus braços se cansarem; em seguida, ajeitou a madeira com cuidado e se virou.

Fora melhor do que da última vez. Estava ficando bom nisso – precisava contar a Galen.

Ou talvez não.

Reunindo mais alguns galhos secos, prosseguiu, resmungando, através das árvores escuras. Não adiantava contar a Galen.

A CIDADE SOMBRIA

O guardião estava de mau humor; ele simplesmente riria, aquela risada curta e implacável de desdém.

A madeira estava bem seca, apodrecendo no chão da floresta. Formigas enormes corriam em meio aos galhos, que também se encontravam repletos daquelas larvas cascudas de insetos que lentamente se alimentam da madeira. Ele sacudiu as roupas, e uma chuva desses bichinhos caiu no chão.

A floresta estava quieta. Duas noites antes, um grupo de homens-símios passara por ali, abrindo grandes buracos nas copas das árvores; a destruição ainda era visível debaixo dos carvalhos. Sob o brilho esverdeado da noite, os insetos zuniam; Raffi escutou um assobio na floresta às suas costas. Estava na hora de voltar.

Abriu caminho pelas heras que pendiam dos galhos e atravessou uma clareira cheia de samambaias enormes, atento às cobras e às venenosas aranhas azuis, porém apenas sombras tremulavam e se remexiam entre as árvores, longe demais para ele ver ou sentir alguma coisa. Afastara-se mais do que havia imaginado e, sob os raios de luar vermelhos, esbranquiçados e rosados, o caminho parecia diferente, desconhecido, até que por fim as árvores deram lugar a um platô de folhas mortas. Raffi prosseguiu devagar, indo em direção à encosta da colina, vendo a protuberância negra do *cromlech* e a fogueira de Galen destacando-se como uma fagulha em meio às sombras.

De repente, parou.

Em algum lugar às suas costas, bem longe, algo ativara uma das linhas de proteção. O aviso desencadeou uma leve dor sobre um dos olhos; reconheceu-a de imediato. As linhas ficavam bem acima do solo; o que quer que fosse era grande e vinha em sua direção.

A CAIXA DE FOGO

Apurou a audição, atento, mas só conseguiu escutar os sons da noite, o zumbido dos insetos e dos morcegos, o crepitar do fogo.

Desceu a encosta correndo, deixando parte da lenha cair.

– O que houve? – Galen estava descuidadamente sentado, encostado a uma das pedras da tumba, o casaco apertado em volta do corpo. – Está com medo de mariposas agora, é?

Raffi soltou a madeira; uma poeira rosa elevou-se dela.

– Uma das linhas de proteção acabou de arrebentar!

O guardião observou-o por alguns instantes. Em seguida, virou-se para o fogo e começou a alimentá-lo com os galhos.

– Não diga.

– Não faça isso! Alguém pode estar vindo!

Galen deu de ombros.

– Deixe que venha.

– Mas pode ser qualquer um! – Raffi se agachou, quase enjoado de tanta preocupação, fazendo os colares de pedrinhas roxas e azuis balançarem. Segurou-os. – Pode ser um Vigia! Pelo menos, apague o fogo!

Galen parou. Ao erguer os olhos, seu rosto era uma máscara de luz chamejante e sombras emaciadas, os olhos encovados emitiam um brilho quase imperceptível. O nariz era exageradamente adunco, semelhante ao de um falcão.

– Não – respondeu, com uma voz rouca. – Se eles me querem, deixe que venham. Estou cansado de me esconder no escuro. – Ajeitou a perna esquerda com as duas mãos. – O barulho veio de que direção?

– Oeste.

– Das montanhas. – Ele ponderou. – Pode ser apenas um viajante.

A CIDADE SOMBRIA

— Talvez. — Raffi estava preocupado. Outra linha vibrou em seu cérebro, dessa vez mais perto.

Galen o observou.

— Pois bem. Vamos fazer meu pupilo rever os passos.

— O quê? Agora?

— Não há hora melhor. — Virou o rosto comprido para o fogo. — Se for um inimigo, o que devemos jogar nas chamas?

Raffi coçou a cabeça, consternado. Estava com medo; odiava quando Galen ficava desse jeito.

— Genciana amarga, erva daninha e, se tivéssemos, arnica, para deixá-lo com sono. Devo fazer isso?

— Não faça nada, a menos que eu mande. Fique quieto. — Num gesto brusco, Galen ergueu a cabeça, o perfil destacado contra a menor das luas. — A caixa azul está com você?

Raffi fez que sim; enfiando a mão no bolso, apertou-a.

— Só use em caso de perigo extremo.

— Eu sei, eu sei. Mas...

Um galho se partiu. Em algum lugar nas proximidades, um rapineiro — um daqueles seres semelhantes aos lobisomens, mas que se transformam em pássaros nas noites de lua cheia — soltou um pio e alçou voo. Pouco depois, Raffi escutou o relinchar de um cavalo.

Levantou-se, o coração martelando no peito. Às suas costas estava o *cromlech*, negro e sólido, e a face da rocha irregular sob suas palmas, desgastada por milhares de anos de geadas e chuvas. O limo a cobria, um tapete verde sobre as espirais escavadas, agora quase invisíveis. Ele parecia uma fera enorme, fossilizada e corcunda.

Galen se levantou também, sem a ajuda do cajado. Seus cabelos longos penderam para a frente, os colares emaranhados de pedras de azeviche e cristal verde cintilando sob a luz, o capuz pesado do casaco engruvinhado em torno do pescoço.

— Pronto? — Ele soltou um suspiro.

— Acho que sim.

O guardião o fitou com desprezo.

— Não se preocupe. Não vou arriscar a sua vida.

— Não é com a minha vida que eu estou preocupado — Raffi murmurou com tristeza por entre os dentes, apalpando os pés e a caixa azul em seu bolso.

De repente, um cavalo saiu do meio da mata.

Era um animal alto, um exemplar das espécies magras e avermelhadas que eram criadas do outro lado das montanhas. O suor que escorria por seu pescoço comprido e esquelético dava-lhe uma aparência fantasmagórica sob a luz das irmãs. Ele se aproximou e parou um pouco atrás da fogueira. Envolto em sombras, Raffi mal conseguiu distinguir o cavaleiro: uma figura grande e indistinta, enrolada em algum tipo de manto para se proteger do frio.

Ninguém disse nada.

O aprendiz olhou de relance para as árvores. Não sentia mais ninguém. Tentou ver dentro da mata com seu terceiro olho, mas estava nervoso demais; tudo o que viu foram sombras se mexendo. O cavaleiro se pronunciou.

— Uma bela noite, meus amigos. — Sua voz era grave; um homem grande.

Galen concordou com um menear de cabeça, fazendo os cabelos compridos balançarem.

— É mesmo. Você veio de longe?

— Longe o bastante.

A CIDADE SOMBRIA

O cavalo mudou de posição, os arreios tilintaram suavemente. O cavaleiro incitou-o a se aproximar um pouco mais, talvez para enxergá-los melhor.

— Chegue mais perto do fogo — sugeriu Galen, perigosamente.

O medo do cavalo era tangível, dava para sentir o cheiro no ar. Ele estava apavorado com o *cromlech*, ou talvez com as linhas de proteção invisíveis que dele irradiavam por baixo da terra. O homem também pareceu tenso ao falar novamente.

— Acho melhor não, guardiões.

Galen respondeu baixinho.

— Um título agourento. Por que acha que somos guardiões?

— Este é um lugar agourento. Quem mais viveria aqui? — O cavaleiro hesitou, então desmontou do cavalo e se aproximou alguns passos, soltando o cachecol fino de tricô que trazia enrolado no rosto.

Eles viram um homem forte e corpulento com uma barba negra. Trazia uma espécie de balestra pendurada no ombro e usava uma armadura de metal, que brilhou sob a luz das luas. Perigoso, pensou Raffi. Mas nada que eles não pudessem encarar.

O estranho devia ter pensado a mesma coisa.

— Não sou uma ameaça — disse, rapidamente. — E como poderia? Sem dúvida vocês têm vários tipos de magia apontados para mim. — Ele ergueu as duas mãos, vazias; uma joia cintilou num dos dedos da luva esquerda. — Estou procurando por um homem chamado Galen Harn, um Mestre das Relíquias. — Olhou de relance para Raffi, o rosto impassível. — E pelo aprendiz dele, Raffael Morel.

— Não diga — Galen retrucou com frieza. Mudou de posição; Raffi sabia que a perna dele devia estar doendo, porém o rosto do guardião não demonstrou nada. — E o que você quer com eles?

A CAIXA DE FOGO

— Entregar uma mensagem. A cerca de umas vinte léguas a oeste daqui, ao pé das colinas onde os rios se encontram, há um povoado. As pessoas de lá precisam da ajuda deles.

— Por quê?

O cavaleiro abriu um sorriso irônico, mas respondeu:

— Elas encontraram uma relíquia enquanto lavravam a terra. Um tubo. Quando você o toca, ele emite um zumbido. E pequenas luzes verdes se movem dentro dele.

Galen nem sequer pestanejou, mas Raffi sabia que ele estava alerta. O cavaleiro sabia também.

— Peço a vocês — continuou ele, ironicamente — que, se virem esse tal de Galen, repassem a mensagem. As pessoas estão desesperadas, desejando que ele apareça e lide com a relíquia. Ninguém ousa chegar perto dela.

Galen assentiu com um meneio de cabeça.

— Estou certo de que sim. Contudo, a Ordem dos Guardiões foi banida. Todos os membros ou estão mortos ou se escondendo dos Vigias. Se eles forem pegos, serão torturados. Esse guardião poderia suspeitar de uma armadilha.

— Ele estaria seguro. — O cavaleiro coçou a barba e deu um passo à frente. — Precisamos dele. Não o trairíamos. Somos leais à antiga Ordem. Isso é tudo o que eu posso dizer, mestre. Ele teria de confiar em nós.

Dê mais um passo, pensou Raffi. Os dedos da mão metida no bolso tremeram sobre a caixa de cristal azul. Jamais a usara num homem antes. Até o momento.

O cavaleiro ficou onde estava, como se sentisse a tensão.

De repente, Galen se moveu, afastou-se mancando da sombra da tumba e aproximou-se da luz vermelha e dourada do fogo. Parou, empertigado, com uma expressão grave.

A CIDADE SOMBRIA

— Diga a eles que iremos. Enterrem a relíquia até chegarmos lá. Coloquem uma pessoa para vigiá-la e não deixem ninguém chegar perto. Ela pode ser perigosa.

O cavaleiro sorriu.

— Obrigado. Vou me certificar de que isso seja feito. — Ele se virou e montou no cavalo; a fera vermelha circundou-os com cautela. — Em quanto tempo vocês chegarão lá?

— Quando chegarmos. — Galen o encarou, olho no olho. — Eu o convidaria para passar a noite conosco, mas os foras da lei não têm muito para dividir.

— Eu não ficaria mesmo, guardião. Não debaixo dessas pedras. — Ele começou a se afastar, mas parou e olhou por cima do ombro. — As pessoas ficarão felizes em ouvir isso. Acreditem: vocês estarão seguros com a gente. Procurem por Alberic.

Em seguida, o cavalo se afastou cautelosamente em direção à mata.

Os dois ficaram em silêncio por um longo tempo, escutando os estalos dos galhos e o farfalhar das folhas, o chilrear distante dos pássaros incomodados pelo barulho. Uma a uma, as linhas de proteção arrebentaram na cabeça de Raffi.

Por fim, Galen se moveu. Ele se sentou, soltando um assobio por entre os dentes ao sentir a perna enrijecida.

— Bom, o que você achou de tudo isso?

Raffi soltou a caixa azul e despencou ao lado dele. De repente, sentia-se inacreditavelmente cansado.

— Que ele tem coragem, vindo até aqui.

— E quanto à história?

— Não sei. — Deu de ombros. — Pareceu-me verdadeira, mas...

— Mas. Exatamente. — O guardião se recostou, o rosto envolto em sombras.

A CAIXA DE FOGO

— Pode ser uma armadilha — arriscou Raffi.

— Pode.

— Mas você vai mesmo assim.

Galen riu com amargura. Uma súbita fagulha iluminou seu rosto retorcido de dor.

— Eu costumava saber quando as pessoas estavam mentindo, Raffi. Se elas imaginassem! — Olhou para algum ponto ao longe. — Nós vamos. Alguém precisa lidar com essa relíquia.

Incomodado, Raffi fez que não.

— Talvez não exista relíquia alguma.

Galen cuspiu no fogo.

— Como se eu me importasse — retrucou, baixinho.

2

E foi assim que eles criaram o mundo.
Os Criadores desceram dos céus por uma escada
de gelo. Flain abriu as mãos e fez surgir a terra
e o mar, o solo e o sal. Ele incitou-os um contra
o outro, num eterno conflito erosivo.
Da calmaria surgiu o movimento,
da paz surgiu a guerra.

    Soren criou as folhas e as árvores. Ela
caminhou pelo mundo, das mangas e da bainha
do vestido caíram as sementes. A Dama das
Folhas envolveu o mundo num brocado verde.

    Foi Tamar, o barbudo, quem trouxe as feras.
Ele as guiou pela escada prateada, a menor
delas, um filhote de predador noturno que se
retorcia em seus braços.

    Todos os filhos da Deusa observaram
enquanto elas se espalhavam.

Livro das Sete Luas

A VIAGEM ATÉ o povoado levou cinco dias. Sozinho, Raffi teria chegado lá em quatro, porém o andar claudicante de Galen os obrigou a diminuir a marcha. A perna do guardião há muito se curara, mas continuava enrijecida, e ele caminhava em silêncio, carrancudo, com a ajuda de um cajado preto comprido. Mesmo com dores fortes após um longo dia de caminhada na chuva e no frio, ele nunca falava sobre isso. Raffi já estava acostumado com o jeito taciturno do guardião e suas súbitas explosões de raiva. Nesses momentos, mantinha-se quieto e apreensivo, longe do alcance do cajado preto. Galen tinha sido profundamente ferido. A explosão não danificara somente sua perna – ela deixara marcas em sua mente. Subindo com dificuldade o caminho íngreme e pedregoso, a mochila pesada pendurada no ombro, Raffi observou o Mestre das Relíquias galgando à frente, escorregando nos pedregulhos soltos. Galen era quase tão instável quanto a trilha. E agora aquela mensagem.

Fosse ou não uma armadilha, isso não faria a menor diferença. Raffi sabia que, às vezes, o guardião desejava ser pego, que ele assumia riscos de forma deliberada, descuidada e orgulhosa, tal como naquele verão em que tinham deixado a floresta e seguido para uma aldeia, onde haviam alugado um quarto e permanecido por três dias, dormindo em camas confortáveis e comendo ao ar livre, à vista de todos. Galen não dera a mínima, mas para Raffi tinham sido três dias de puro terror. Os aldeões não os haviam traído. A maioria virara o rosto, fingindo não vê-los. Eles tiveram sorte, pensou Raffi, tropeçando numa pedra. Todo mundo sabia que era oferecida uma recompensa pela captura de qualquer guardião. Dois mil marcos. Eles tiveram uma tremenda sorte.

— Depressa! — Galen estava parado no topo da montanha. Sua voz saiu como um rosnado por entre os dentes. — Você pode andar mais rápido. Não pense que precisa diminuir o passo por minha causa.

Raffi parou e secou o suor da testa.

— Não estou fazendo isso. A mochila está pesada.

Galen o fuzilou com os olhos.

— Então deixe que eu levo.

— Está na minha vez.

— Você acha que eu não aguento?

— Eu não disse isso! — O garoto abriu as mãos. — Eu só...

— Cale-se! E ande. Precisamos chegar ao povoado antes de anoitecer. — Ele se virou e prosseguiu antes que o aprendiz pudesse responder.

Com os olhos fixos no céu sem nuvens, Raffi sentiu-se furioso, magoado e impulsivo. Num momento de irritação, disse a si mesmo que partiria naquela noite, pegaria suas coisas e voltaria para casa. Não havia mais Mestre das Relíquias agora, a Ordem fora destruída. Galen podia pegar sua inveja desdenhosa e amarga e se virar sozinho.

A CAIXA DE FOGO

Contudo, mesmo enquanto esbravejava, o aprendiz sabia que não faria nada disso; pegou a caixa de cristal azul e olhou para ela, furioso. A curiosidade o manteria ali. Ainda havia muito a aprender. E agora que já sentira o poder dentro de si, não conseguiria mais viver sem ele.

À TARDE, ELES se sentaram para descansar sobre as pedras aquecidas da encosta da montanha, conseguindo finalmente ver o povoado lá embaixo.

— Bom — disse Galen, num tom de voz ferino. — Muito bom. — Tomou um gole de água e passou o cantil para Raffi; o aprendiz tomou um gole também, pensativo. Eles estavam esperando uma aldeia. E realmente havia casas, celeiros e outras construções. Mas aquilo parecia mais uma fortaleza.

O prédio central era antigo; talvez do tempo dos Criadores. As paredes laterais eram estranhamente claras e lisas e, embora eles só conseguissem ver algumas fendas, dava para perceber que outrora houvera janelas, agora tapadas toscamente com tijolos. O prédio tinha seis andares. Nos mais altos, as varandas pendiam de forma precária; a maioria estava arruinada, mas Raffi conseguiu ver arqueiros em uma delas, minúsculas figuras andando de um lado para outro. O telhado, parcialmente destruído, tinha sido remendado com uma espécie de bambu e sapê.

— O que você acha? — Ele entregou o cantil de volta a Galen e deu uma mordida no pão duro. — É seguro?

— Seguro, não. — Galen observava o povoado de mau humor. — Nenhum aldeão comum teria coragem de viver numa das casas dos Criadores. Desde a queda do Imperador, a terra tornou-se selvagem.

A CIDADE SOMBRIA

Gangues de ladrões e mercenários, uns lutando contra os outros. Tenho certeza de que esse castelo pertence a alguém assim.

— E nós vamos entrar, assim, de peito aberto.

Galen abriu um sorriso azedo.

— Entrar, sim. De peito aberto, não.

As pedras estavam mornas sob o sol outonal. Raffi recostou-se, sentindo-se um pouco melhor.

— Linhas de proteção?

— Em volta de nós dois. Temos também os pós. Se tudo falhar, a caixa.

Raffi fez que não.

— Se houver muitos deles, nada disso vai adiantar. Talvez seja melhor desistirmos.

— Curiosidade, Raffi. Sempre foi a minha ruína. — Galen vasculhou a mochila, tirou um pequeno tubo preto e o segurou cuidadosamente com as duas mãos. Recitou uma prece e fez o sinal da humildade. Em seguida, colocou o tubo na frente do olho e o apontou para baixo.

Tal como a caixa azul, o tubo era uma relíquia, um objeto sagrado deixado pelos Criadores. Eles o tinham encontrado numa fazenda ao norte da floresta havia dois anos; a dona da propriedade mandara chamá-los em segredo, apavorada com a possibilidade de os Vigias descobrirem. Galen abençoara a fazenda, orara pela casa e levara a relíquia embora. Tinha um esconderijo secreto para guardá-las: uma caverna nas montanhas. Certa vez, ao voltarem lá, eles tinham encontrado sinais nas paredes, como se algum membro da Ordem houvesse buscado abrigo ali. As marcas, porém, haviam sido lavadas pela chuva, e eram difíceis de ler. Ninguém sabia quantos membros da Ordem ainda estavam vivos.

A CAIXA DE FOGO

Galen observou a torre por um longo tempo. Em seguida, entregou o tubo a Raffi, que simplesmente olhou para ele.

— Eu?

— Por que não? Já está na hora.

Nervoso, o aprendiz o pegou. Ele parecia quente e miraculosamente liso, feito com o estranho material utilizado pelos Criadores, nem madeira, nem pedra, nem pele, um segredo que ninguém conhecia. Murmurou uma prece, ergueu-o e olhou.

Apesar de ser um aprendiz de magia, quase engasgou.

De perto, a fortaleza era gigantesca. Viu as ervas daninhas que despontavam de rachaduras nas paredes. A porta era coberta com tijolos; havia apenas uma estreita abertura escura guardada por dois homens, que conversavam. Moveu o tubo com cuidado; notou os poços profundos, o fosso cheio de espigões, a cerca forte com uma passarela logo atrás.

— Quem quer que sejam, eles estão bem-protegidos.

— Sem dúvida. — A voz de Galen soou divertida. — Agora aperte o botão vermelho.

Ele apalpou até senti-lo; o tubo alongou-se entre seus dedos e, por um breve momento, a imagem saiu de foco. Viu então as casas e uma fileira de barracas, os pertences pendurados ao vento, espalhafatosos e de má qualidade. Cachorros rolando na lama. Um grupo de mulheres lavando suas roupas em bacias. Fumaça. Acompanhou a fumaça em direção ao céu, até que a pequena lua Agramon brilhou rapidamente através do vidro. Por um instante, até mesmo ela pareceu estar perto, com sua superfície lisa e suave e pequenas formações cintilantes.

— Já chega! — Galen agarrou o tubo; Raffi o soltou com relutância. O Mestre das Relíquias envolveu-o novamente num pano, guardou-o dentro da mochila e se levantou.

A CIDADE SOMBRIA

De repente, ele pareceu perigoso, o rosto comprido com uma expressão tensa, os olhos sombrios sob as sobrancelhas grossas.

— Vamos — ordenou, com uma voz amedrontadora. — Vamos descer e procurar por Alberic.

JÁ ERA NOITE quando eles chegaram aos portões, e os prédios cintilavam por trás da paliçada. Os homens de vigia do lado de fora tinham um lampião; estavam jogando dados, mas se levantaram rapidamente.

Galen os ignorou. Atravessou os portões abertos, passando por eles sem dizer nada, e ninguém o questionou. Raffi entrou correndo atrás e olhou por cima do ombro; os homens sussurravam entre si. Vamos ser trancafiados aqui, pensou.

Eles prosseguiram lado a lado por entre casas sombrias, percorrendo vielas lamacentas, pontilhadas por poças d'água e montinhos de fezes de animais. O fedor do lugar era terrível. Crianças imundas os observavam das portas das casas, sérias e caladas. As construções eram sujas e remendadas, a madeira, apodrecida e verde de umidade. Enquanto atravessavam aquela imundície, Galen murmurou:

— Alguma coisa?

— Pessoas observando. Simples curiosidade. — As linhas de proteção se moviam em torno deles, invisíveis e fluidas. Devido à longa prática, Raffi mantinha facilmente o encanto com uma parte distante da mente. Fora a primeira coisa que Galen lhe ensinara.

A fortaleza surgiu diante deles. Havia fumaça e barulho vindo dela, o som de risos, os gritos de uma discussão. Luzes fracas brilhavam através das janelas arruinadas, enquanto o luar matizava as paredes estranhamente lisas.

A CAIXA DE FOGO

Ao lado da porta, na entrada que Raffi vira através do tubo, havia três homens de vigia. Eles empunhavam suas armas — facas compridas e curvas. Observaram Galen se aproximar com uma mistura de medo e algo mais, alguma coisa inquietante. Avisos tilintaram na cabeça de Raffi.

— Galen...

Mas ele já estava se anunciando.

— Meu nome é Galen Harn. Estou à procura de Alberic.

Eles não ficaram nem um pouco surpresos. Um deles sorriu para os outros.

— Estávamos à sua espera, guardião. Venha comigo.

O interior era um labirinto escuro de salas e corredores. Vozes ecoavam a distância e por trás de portas fechadas; tochas presas às paredes exalavam fumaça e respingavam óleo sobre o chão. O ar era mais fétido do que lá fora. Enquanto prosseguiam pelos corredores, alguns homens passaram por eles, uns poucos escravos e duas garotas que começaram a rir pelas costas de Raffi, fazendo as linhas de proteção tilintarem. Erguendo os olhos, o aprendiz viu algo na parede, marcas sob a sujeira, um símbolo conhecido. Adiante, um painel com botões e números ao lado de uma porta. Galen parou e fez o sinal da humildade; Raffi sabia que ele desejava tocá-lo.

— Isso é uma relíquia — disse para o homem que os guiava. — Não devia ser deixada aqui assim.

O sujeito deu de ombros.

— Isso quem decide é Alberic.

— Você não tem medo?

— Eu me mantenho longe dela, guardião. O castelo é antigo.

— Onde essa porta vai dar?

A CIDADE SOMBRIA

— Em lugar nenhum. Atrás dela tem um poço, vazio. Bem profundo. — Ele lançou um olhar atravessado. — Alberic o usa como cova. Está até o joelho de esqueletos.

Ele não estava brincando. Raffi olhou para Galen, mas o rosto do guardião continuou sério, sisudo. Enfiou a mão no bolso e deixou que o contato com a caixa o acalmasse.

Continuaram seguindo até alcançar uma escada larga e lúgubre que levava aos andares superiores. Os olhos de Raffi ardiam devido à fumaça; viu restos de ossos engordurados e outras porcarias em meio à palha grossa. Mosquitos zumbiam à sua volta; o lugar devia estar cheio de pulgas também.

Começaram a subir. Envolto em sombras, Galen avançava num ritmo constante, o cajado preto batendo nos degraus. Raffi sentiu o cheiro de comida vindo de algum lugar, um aroma rico, de carne, que fez seu estômago doer. Imaginou se alguém lhes ofereceria um prato. Não se lembrava da última vez em que havia comido carne.

Por fim, eles chegaram ao topo, uma sala comprida e mal-iluminada, repleta de fumaça. O piso de madeira corrida e encerada estendia-se diante deles, uma imensidão vazia.

O guia parou.

— Aproximem-se — disse, numa voz cortante.

Através da fumaça, Galen e Raffi viram um grupo de quatro pessoas reunidas em volta de um fogo na extremidade oposta do salão, uns sentados e outros em pé. Galen olhou de relance para o aprendiz.

— E então?

— Há algo errado.

O guardião deu de ombros.

A CAIXA DE FOGO

— Tarde demais. — Ele avançou e Raffi o seguiu, o coração palpitando de ansiedade.

A conversa silenciou. Os homens e a mulher se levantaram, todos menos um, o sujeito que estava no centro. Ao se aproximar, Raffi ficou surpreso ao ver que ele era minúsculo; seus pés descansavam sobre uma caixa, e o corpo era pequeno demais para a poltrona acolchoada na qual ele se sentava. O rosto era fino, com uma expressão inteligente, os cabelos desgrenhados; ele usava um colar de ouro e uma jaqueta verde grossa com detalhes em vermelho.

Galen permaneceu imóvel, com os olhos fixos nele.

— Disseram-me para procurar por Alberic — informou, sério.

O anão assentiu com um meneio de cabeça, os olhos astutos.

— Já o encontrou — respondeu.

3

Ainda que os Criadores tenham ido embora, suas relíquias permanecem aqui. Deixem que os guardiões as procurem, pois o poder contido nelas é sagrado.

Litania dos Criadores

ERA UMA ARMADILHA.

Raffi soube assim que viu Alberic. Podia sentir nitidamente a sala vazia às suas costas, a escada, o labirinto de corredores, o portão, os espigões e os fossos. Era uma armadilha, e eles estavam bem no meio dela.

Mas Alberic apenas sorriu.

– Então você é Galen Harn. Não foi fácil encontrá-lo.

Galen não disse nada. Continuou sério.

– E um pupilo! – Os olhos astutos do anão pousaram rapidamente em Raffi. – Cheio de truques de mágica, sem dúvida.

Alguém atrás dele abafou uma risada de desprezo. Alberic se recostou nas almofadas, a luz da vela iluminando suavemente o colete de seda.

– Sentem-se, por favor – pediu, de maneira amigável.

Um homem grande, de cabelos pretos, pegou uma cadeira dourada que estava encostada na parede e colocou-a na frente de Galen. Sorriu ao se empertigar, e eles reconheceram o cavaleiro da floresta. Ele ainda usava a armadura; de perto, ela parecia fina, pontilhada de ferrugem.

A CIDADE SOMBRIA

Galen ignorou a cadeira. Alguém empurrou um banquinho na direção de Raffi, que o fitou de olho comprido, mas se manteve de pé.

— Nós viemos — disse Galen, a voz já prevendo o pior — por causa da sua mensagem. A relíquia...

— Ah, sim. — O anão entrelaçou os dedos e sorriu por cima deles. — Sinto dizer que houve um pequeno engano. — Ele meneou a cabeça de forma quase imperceptível. As linhas de proteção se partiram; Raffi viu-se sendo forçado a sentar no banco por uma garota vestindo uma armadura cheia de escamas e, ao passar os olhos ao redor, viu que Galen também tinha sido obrigado a se sentar pelo homem de barba preta e mais outro, os quais permaneceram em pé ao lado dele.

Por um momento, os olhos do guardião ficaram negros, furiosos. Mas, então, ele pareceu se controlar; recostou-se na cadeira e esticou as pernas.

— Você parece determinado a nos deixar confortáveis.

— Não é isso. É que não gosto de olhar para cima.

Os dois se encararam por alguns instantes. Por fim, o sorriso do anão se alargou. Ele abriu as mãos.

— Vamos esclarecer as coisas, guardião. Eu sou o poder aqui. Meu corpo pode ser pequeno, mas meu cérebro é ágil, mais ágil do que os da maioria, e meus rapazes e moças sabem que são os planos e a esperteza de Alberic que lhes trazem grandes quantidades de ouro. Estes são Sikka, Godric, que vocês já conhecem, e Taran. Minhas raposas, meus filhos.

Ele soprou um beijo na direção deles; a garota, Sikka, sorriu, e Taran, um homem num casaco azul imundo, bufou com desdém. Cauteloso, Raffi aproximou a mão do bolso alguns centímetros.

A CAIXA DE FOGO

— Ouro. — Galen meneou a cabeça em assentimento. — Então vocês são ladrões.

O silêncio que se seguiu foi tenso. Raffi ficou gelado. Alberic fez que não.

— Para um homem sábio, você tem uma língua descuidada, Galen. Vou deixá-lo mantê-la, mas só dessa vez. — O anão inclinou-se para a frente e se serviu de alguma coisa que estava numa delicada jarra de vidro sobre uma mesinha redonda ao lado dele, iluminada por velas altas. O cálice cintilou, uma inestimável peça de cristal. Raffi apertou os lábios ressecados. Alberic tomou um gole lentamente e se recostou de volta nas almofadas.

— A relíquia — rosnou Galen.

— Não existe relíquia alguma. Pelo menos... — O pequenino empertigou-se e olhou em torno, fingindo surpresa. — ... eu acho que não. Existe?

A garota riu.

— Você é um homem cruel, Alberic — disse ela, dando a volta e se postando atrás da cadeira entalhada do anão. Olhou para Galen, divertida. — Você realmente acreditou que a gente teria medo de uma relíquia, que nem os velhos aldeões idiotas?

Galen não disse nada; foi Alberic quem respondeu:

— Ah, não — falou baixinho, observando o Mestre das Relíquias. — Ah, não, de jeito nenhum, minha querida, ele é esperto demais para isso. Muito esperto. Acho que ele sabia o tempo todo no que estava se metendo. Acho que ele sabia muito bem...

Por um instante, o anão falou num tom tão ponderado que Raffi teve a súbita sensação de que ele havia adivinhado o tenebroso segredo de Galen, e sua ansiedade fez com que as linhas de proteção tilintassem, obrigando-o a lutar para mantê-las ativas. Alberic observou em silêncio, a cabeça pendendo para o lado. De repente, sua voz soou cortante.

— Quero ver alguma mágica, guardião. Preciso ter certeza de que vocês são quem dizem ser, e não espiões dos Vigias.

Galen fechou os dedos em volta dos braços da cadeira. Raffi os observou, preocupado.

— Não faço mágica... como você chama... a mando de ninguém. — Sua expressão era orgulhosa, e ele manteve os olhos sérios e sombrios grudados nos de Alberic. — Sou um Mestre das Relíquias, da Ordem dos Guardiões, e o poder investido em mim é sagrado. Não deve ser usado para truques em torno do fogo.

Alberic anuiu com um meneio de cabeça.

— Só que a Ordem não existe mais — retrucou, numa voz suave. — Ela foi desmantelada, banida. Morta.

— O poder permanece. — Galen recostou-se na cadeira, as pernas esticadas. Parecia um homem jogando xadrez num tabuleiro invisível, sendo o prêmio a sua própria vida.

— Para abrir e fechar — murmurou Alberic —, construir e destruir, ver o futuro e o passado.

Raffi ficou surpreso; Galen não. O anão deu uma risadinha.

— Certa vez, durante um de nossos ataques, um dos seus tentou... nos impedir. Infelizmente, um dos meus meninos entusiasmou-se demais. A única coisa que ele possuía de valor era a Litania dos Criadores, codificada num papiro. Consegui decifrar o texto e o li. Uma bela diversão para as longas noites de inverno...

Galen ficou calado, seus olhos emitiam um brilho frio, furioso.

— O garoto, então! — Alberic apontou para Raffi. — Deixe que o garoto faça alguma coisa. Alguma objeção a isso?

O guardião deu de ombros.

A CAIXA DE FOGO

— Se ele quiser. Ele não sabe muita coisa. Apenas alguns efeitos de luz que poderão diverti-lo. — Virou seu olhar gélido para o aprendiz. — Faça o melhor que você conseguir para a nossa plateia.

Ainda que com relutância, Raffi se levantou, captando a mensagem por trás das palavras. Todos se viraram para ele, o que o deixou nervoso e furioso com Galen. Contudo, não tinha escolha.

Deu um passo à frente e afastou o banquinho com o pé. Em seguida, ergueu as duas mãos, pronunciou as palavras mentalmente e abriu o terceiro olho, o olho dos Criadores.

Conjurou as sete luas, cada uma delas suspensa no espaço: a pequena e vermelha Pyra, a esburacada Cyrax, o globo congelado de Atterix, todas as irmãs do Livro antigo. Elas cintilaram na sala escura e ele viu Alberic de relance por trás delas, observando com atenção, o rosto iluminado pelas luzes coloridas.

— Muito bonito — murmurou o anão. — Muito agradável.

Mas ele não parecia impressionado. Aborrecido, Raffi fez as luas girarem. Elas se moveram em longas elipses, formando um conjunto complexo de órbitas, cada qual deixando um rastro luminoso que se entrelaçava numa teia de cores: roxos, vermelhos e azuis. E cada uma emitindo a sua própria música, um zumbido que ia formando harmonias cada vez mais altas e intricadas na sala escura, um reverberar de sons que se assemelhavam às vozes de seres estranhos. Raffi começou a suar e sentiu uma fisgada atrás dos olhos, mas manteve as luas girando, enquanto a música sem palavras subia num crescendo belíssimo, para então deixá-la se aquietar até recair novamente em silêncio. As luas viraram luzes fantasmagóricas. E, em seguida, desapareceram.

— Adorável — comentou Alberic, num tom seco.

A CIDADE SOMBRIA

Suado e com a cabeça martelando, Raffi olhou de relance para Galen. O guardião continuava sentado de braços cruzados, sem se mexer.

— Satisfeito?

— Sim, claro. Nenhum Vigia conseguiria fazer isso. Com um pupilo tão hábil, você deve ser quem diz que é.

— Você nunca teve dúvidas quanto a isso.

Alberic deu uma risadinha.

— Não.

— Então, diga, o que você quer? Nós não temos nada de valor.

Fez-se silêncio. Cansado, Raffi se sentou; ninguém sequer olhou para ele. Escorregou a mão para dentro do bolso e pegou a caixa azul. A tensão na sala era tão palpável quanto uma corda; seria possível sentir seus nervos se retesando.

Pela primeira vez, Alberic não pareceu estar se divertindo. Tomou um gole do cálice e olhou de esguelha para a garota, Sikka. Ela fez que sim, balançando os compridos cabelos trançados.

O pequenino pousou o cálice de volta na mesa.

— Vingança. Eu quero vingança.

— Você quer se vingar de nós?

Alberic abriu um sorriso perigoso.

— Não se faça de burro. — Levou os dedos por alguns instantes ao colar de ouro; em seguida, ergueu os olhos e disse numa voz furiosa: — Você nos chamou de ladrões. É verdade, nós somos. E o que um ladrão mais abomina, sábio?

— Ser roubado. — Galen respondeu, sério. Seu rosto de falcão era uma máscara de sombras.

— Isso mesmo. — Alberic olhou para ele, impressionado. — Deixe-me lhe contar o que aconteceu. Há dois meses, um Sekoi apareceu aqui. Ele era um daqueles que contam histórias: uma criatura preguiçosa e zombeteira, rajada de cinza e marrom. E com uma marca em forma de zigue-zague sob um dos olhos.

Raffi se aproximou. Qualquer menção aos Sekoi o fascinava. Só vira alguns poucos, havia anos, quando ainda era uma criança, e fugira achando que eles iriam comê-lo. Os Sekoi eram os outros, a raça diferente. Eles eram mais altos do que os humanos, magros, o rosto pontiagudo e peludo como o de um gato, e os dedos compridos eram marcados por desenhos tribais. As pessoas diziam que os *cromlechs* haviam sido erguidos pelos Sekoi há milhares de anos, antes da vinda dos Criadores. Havia histórias sobre essa época, pelo menos era o que Galen dizia. A Ordem costumava possuir alguns textos cuidadosamente copiados na grande biblioteca da torre de Karelian. Agora estava tudo reduzido a cinzas.

— Ele nos enganou — continuou Alberic, com raiva. — Passou um tempo aqui, brincou com as crianças. Nós o expulsamos, mas ele voltou. Ele conversou, divagou, cantou músicas estrangeiras. Pensamos que era inofensivo.

— Os Sekoi fazem disso uma arte — murmurou Galen. Seus olhos estavam fixos na jarra de vinho. Alberic percebeu e abriu um sorriso.

— Exatamente. O tempo todo ele nos estudou, procurando descobrir onde ficavam os cofres, quem guardava as chaves, o que era trazido durante as pilhagens. — Fez que não com a cabeça. — Nós tínhamos uma fortuna, acredite em mim. Ouro, prata, roupas, lã e vinho. Esse lugar é bem suprido.

— Posso acreditar. — Galen se recostou na cadeira e afastou os cabelos do rosto. — E então ele te roubou.

O anão o fitou, furioso.

A CIDADE SOMBRIA

— Ele preparou uma apresentação. Lá embaixo, no pátio. Ninguém aqui jamais tinha visto um Sekoi em ação. — Inclinou-se para a frente. — Sem querer desrespeitá-lo, garoto, mas o sujeito era fabuloso. Ele contou uma história, e as coisas sobre as quais falava começaram a aparecer, e eu me vi no meio da situação, assim como todos os demais; tudo acontecia à nossa volta. Era uma história sobre castelos, batalhas e deuses que desciam do céu em cavalos prateados. Acredite em mim, guardião, eu vivenciei cada minuto! Senti a chuva, as fagulhas geradas pelo choque entre as espadas, tive até que sair do caminho para não ser pisoteado. — Recostou-se de novo, pensativo. — Não foi uma ilusão. Foi real. Alguns dos meus homens chegaram a ficar machucados. Dois deles nem sequer voltaram do sonho.

— E quando terminou?

Os olhos de Alberic estavam coléricos.

— As fogueiras tinham se apagado, o pátio estava escuro, os guardas dormindo. E a porta do cofre escancarada.

— E o que ele levou? — Raffi apressou-se em perguntar.

— Ouro. O que mais eles querem? Um baú com marcos de ouro. Uma fortuna!

— E você quer o dinheiro de volta.

— Eu quero o Sekoi! — Alberic levantou-se num pulo, empurrou Godric para o lado e começou a andar por entre as velas, uma figura diminuta e corcunda. — Eu quero aquele canalha vendedor de sonhos! Vocês não imaginam o que eu vou fazer com ele! — Virou-se, os olhos faiscando. — E, depois, como irei usá-lo! Imagine as coisas que ele pode fazer por mim, quanto ele me seria útil. Eu o quero de volta, homem das relíquias. E quero que você o capture para mim.

A CAIXA DE FOGO

Galen continuou sentado, imóvel, as roupas e os cabelos pretos dando-lhe uma aparência sombria. Raffi sabia que ele estava tenso, hesitante.

— Por que eu?

— Porque você tem poderes especiais. Eu sou conhecido, assim como meu povo. Nenhum de nós pode se afastar muito daqui. Os Vigias…

Galen soltou uma risada amarga.

— Os Vigias! Eles me querem mais do que a você. Não, encontre a criatura você mesmo, rei dos ladrões. Mas, cuidado, ele pode ser mais esperto do que vocês. — Em seguida, ergueu os olhos de maneira abrupta. — O que o fez pensar que eu concordaria?

— Nosso refém.

— Que refém?

Alberic abriu um sorriso forçado.

— O garoto.

Raffi sentiu as linhas de proteção darem um salto; a sensação de perigo espalhou-se pela sala como uma onda.

— Galen! — suspirou, levantando-se num pulo.

O banquinho virou no chão. De repente, a caixa azul estava em sua mão. Armas reluziram. Godric desembainhou a espada com um silvo agudo; então Sikka agarrou o aprendiz, fazendo sua mão sacudir e o polegar apertar sem querer o pequeno botão.

A caixa estremeceu. Alberic gritou e deu um pulo para trás quando a explosão de luz gerada por ela atingiu o chão aos seus pés, deixando o piso de madeira chamuscado e fumegante. O choque fez Raffi recuar; a caixa pulou de sua mão. Ele ainda tentou pegá-la de volta, mas Alberic o agarrou pelos cabelos e encostou uma faca em suas costas, fazendo-o soltar um grito de dor.

A CIDADE SOMBRIA

Mesmo com os olhos marejados, viu a surpresa estampada no rosto das pessoas, as pontas chamuscadas do feno que terminava de queimar, enroscando e exalando um cheiro fétido. À sua frente, Galen segurava a caixa no nível dos olhos, com uma expressão lúgubre.

— Agora, isso aí — disse Alberic, lentamente — é um objeto que vale a pena a gente ter. — Ele girou a faca encostada nas costelas de Raffi. — Mesmo que você consiga escapar, o garoto não vai.

— Solte-o.

— Talvez. Se você me der essa caixa. — O anão olhou para ela com ganância.

— Nunca. — Galen manteve-se firme, o rosto impassível.

Alberic deu de ombros.

— A escolha é sua, guardião. Fique com a caixa, perca o garoto.

4

*É vital lembrar-se de que os poderes
que a Ordem alega ter são simples ilusões.*

Mandamento dos Vigias

Diário de Carys Arrin
Dia de Atelgars
3/16/546

    Há dois dias eu finalmente encontrei o *cromlech*.
    Como disse no meu último relatório, o povo da floresta odeia falar com estranhos; descobrir qualquer coisa é difícil. Continuo viajando disfarçada de comerciante, portanto tem sido fácil oferecer subornos, embora isso esteja me custando uma grande quantidade de tecidos, botões e ferramentas agrícolas. (Lembrete: solicitar o dinheiro quando voltar.) A floresta é um lugar assustador, e a maior parte dos nossos mapas está errada. As antigas superstições da Ordem ainda imperam por aqui; há também um grande número de fugitivos e vagabundos. Outras áreas estão vazias. Passei três dias viajando por trilhas escondidas, tendo que abrir caminho entre a vegetação, e não vi ninguém. Fui atacada por gatos selvagens duas vezes — uma delas quase matando de susto meu animal de carga. O fogo parece mantê-los a distância. Há também aranhas azuis que picam; enquanto escrevo essa introdução, minha mão está inchada e roxa, mas consegui matar o bicho rápido o bastante para salvar a minha vida.

A CIDADE SOMBRIA

Assim que o encontrei, fiquei observando o *cromlech* por três horas. Ninguém se aproximou dele. Por fim, atenta às armadilhas, saí do meu esconderijo, reuni meus animais e comecei a descer. A encosta era íngreme e pedregosa. A noite se aproximava. Trevas e névoas estranhas aglomeravam-se em volta dos troncos das árvores apodrecidas e as pedras gigantescas erguiam-se como sombras. Ao alcançar o *cromlech*, minha pele inteira se arrepiou. Uma atmosfera de bruxaria parecia pairar no ar.

Alguém estivera vivendo ali, isso era óbvio. Encontrei vestígios de uma fogueira, um buraco escavado para o lixo e várias pegadas. As cinzas da fogueira tinham cerca de um dia, mas já haviam sido espalhadas e reviradas por algum bicho. O Mestre das Relíquias se fora.

Não havia a menor possibilidade de segui-lo imediatamente — a noite se aproximava e apenas quatro luas iluminavam o céu. Apreensiva, vasculhei a região, verificando o solo com cuidado. O lugar é cheio de saliências e reentrâncias; em torno das pedras há uma vala esverdeada e, ao cruzá-la, senti um sussurro de poder. Galen Harn e seu aprendiz estiveram aqui. Estou perto deles.

Contudo, uma coisa me intrigou. Nos arredores da floresta, encontrei marcas de cascos na lama. Elas se aproximavam, embora parassem do lado de fora do círculo. Um cavalo pisoteara o solo como se tivesse passado algum tempo ali contra a sua vontade. Em seguida, elas se afastavam de volta em direção à floresta.

A CAIXA DE FOGO

Será que Harn arrumou um cavalo? Seria ele capaz de carregar os dois? De certa forma, isso tornaria mais fácil rastreá-los, mas eles se moveriam mais rápido do que eu.

Não faça tempestade em copo d'água, o velho Jellie costumava dizer. Pense com calma, seja objetiva e não se esqueça de cuidar da retaguarda. Lembrei-me disso quando me virei.

De perto, o *cromlech* é enorme. Uma pedra gigantesca se equilibra sobre três outras, e a formação como um todo destaca-se negra contra o céu. Ele deve ter milhares de anos. Não sei se há algum corpo enterrado debaixo dele, mas vi alguns entalhes: espirais e estranhos zigue-zagues recobertos de limo. Acho impossível que os Sekoi o tenham erguido. Há tão poucos Sekoi, e eles sempre parecem tão preguiçosos.

Não passei a noite no *cromlech*, preferi ficar na floresta, e não foi nada agradável. Os galhos pareciam constantemente sussurrar, uma leve brisa deixou os animais inquietos e uma infinidade de insetos me atormentou. Em determinado momento, sentei e olhei para baixo, e tive a sensação de que as pedras estavam me observando. (Nada disso irá constar no relatório, não quero parecer idiota.)

Parti assim que amanheceu. As pegadas do cavalo desapareciam no pântano, mas davam a entender que ele havia seguido para oeste, portanto essa é a direção que irei tomar.

A CIDADE SOMBRIA

Dia de Atelgars, à noite

Estou escrevendo de uma vila chamada Tis. Pelo menos acho que é esse o nome. Ninguém aqui viu Harn ou o garoto, Raffael, mas descobri uma coisa — não somos os únicos à procura deles.

Uma mulher me contou que um cavaleiro passou por aqui há mais ou menos uma semana. Ele perguntou por um homem chamado Galen Harn e chegou a descrevê-lo — cabelos escuros, nariz adunco, mancando de uma perna. Ninguém pôde ajudá-lo, e ele se foi.

Suspeito que esse estranho não seja um de nós. Então, quem? Tenho certeza de que ele já os encontrou — as pegadas ao lado do *cromlech* deviam ser do cavalo dele. Um cavalo vermelho. Eles talvez o tenham levado para algum lugar — o mago certamente seria atraído caso houvesse menção a alguma relíquia.

Após muitas perguntas e uma boa quantidade de subornos, descobri os nomes de algumas outras aldeias e de um ninho de criminosos. Acho que este é o lugar mais provável, já que poucos aldeões têm cavalos. Fica a oeste daqui, uma antiga ruína que costumava pertencer aos Criadores, agora um covil de ladrões. Pelo que dizem, o rei deles se chama Alberic, e, se este é o mesmo Alberic dos nossos arquivos, então Galen Harn pode estar mesmo em apuros.

Talvez já tenham feito o trabalho por mim.

5

A Cidade Ferida – quem consegue ver onde ela termina?
Quem consegue sentir seu pesar?

Poemas de Anjar Kar

GALEN HESITOU.

Sem conseguir respirar, Raffi esperou. Odiando seu mestre, estava desesperado para que ele entregasse logo a caixa e, em seguida, para que não entregasse. Estava anestesiado, tonto de medo.

Galen baixou o braço.

Com uma risadinha de triunfo, Alberic soltou os cabelos de Raffi e estendeu a mão aberta. O Mestre das Relíquias soltou a caixa sobre ela.

— Obrigado — agradeceu o anão, com um sorriso falso. — Por um instante, achei que não ia entregar.

Raffi arrastou o mestre para o outro lado da sala, sentindo-se aliviado e fraco. Por um momento, chegara a pensar o mesmo, e isso o deixou zangado.

— Você devia tê-la usado! — disparou.

— Ele estava perto demais de você.

— Mas entregá-la para ele!

— Você preferia estar morto? — perguntou baixinho.

— Ele me queria como refém. Não ia me matar.

— Ele queria a caixa mais do que você. — Galen o fitou de cara feia. — Temos outras armas, Raffi. Lembre-se disso.

Fervendo de raiva, Raffi observou Alberic. O anão tinha subido de volta em sua cadeira e brincava avidamente com a caixa, explorando-a. Ao erguer a cabeça, seus olhos se mostraram alertas.

— Qual é o problema com ela?

— Problema?

— Você não a teria me dado se não houvesse um problema. — Ele a apontou na direção deles. Raffi ficou gelado.

— Tome cuidado — alertou Galen, tranquilamente. — Ela é perigosa.

— É isso o que eu quero.

— E instável. Não temos como saber quanta vida ainda resta nela, mas sabemos que tem centenas de anos. Talvez reste muito pouca.

— E talvez muita. — Alberic apontou para um castiçal comprido de bronze ao lado da janela. Godric e Taran se afastaram imediatamente.

— Senhor!

— Quietos. — E atirou.

A luz os cegou. Quando conseguiram enxergar de novo, a vela borbulhava numa poça sibilante de cera e metal derretidos sobre o chão chamuscado. Um silêncio de choque tomou conta da sala, e então o anãozinho caiu na gargalhada. Ele assobiou, riu e cacarejou; pulando da cadeira, começou a saltitar em volta das velas, pegou as mãos de Sikka, beijou-as e se afastou dançando. Seu próprio pessoal o observou com um ar divertido. Raffi simplesmente olhou e Galen ficou parado, com uma expressão de repulsa.

Por fim, ofegante, Alberic despencou sobre o braço da cadeira com uma das mãos na barriga.

A CAIXA DE FOGO

— Ah, isso é maravilhoso! — exclamou. — Surpreendente. Inacreditável! Roubar um Mestre das Relíquias! — Ergueu e acariciou a caixa com a mesma delicadeza que teria com um passarinho. Ao virar a cabeça, seus olhos estavam frios e astutos.

— Esse é o acordo. Eu quero o Sekoi. Você tem poder, contatos. Encontre-o para mim e o traga para cá, vivo. E então eu talvez, talvez, lhe devolva sua caixa de fogo. — Ele se esticou para pegar o vinho e tomou um longo gole, em seguida subiu na cadeira e se acomodou.

Galen não disse nada. Sua expressão era sombria.

Alberic deu de ombros.

— Pense na proposta. Enquanto isso, vocês poderão desfrutar a minha hospitalidade.

Godric se adiantou e os conduziu para fora da sala, mas quando estavam prestes a sair, a voz astuta atrás deles disse:

— Não parece muito tentador, parece? Mas talvez lhe agrade saber de uma coisa, Mestre das Relíquias. O Sekoi seguiu em direção à cidade. A cidade dos Criadores: Tasceron.

Galen parou, imóvel como uma rocha, como se a palavra o tivesse congelado. Em seguida, sem sequer se virar, saiu da sala.

A HOSPITALIDADE DE Alberic mostrou-se na forma de um quarto trancado, tão imundo quanto o resto do prédio, com um colchão surrado e uma janela por onde entravam o luar e uma garoa fina. Galen se sentou mal-humorado num dos cantos, abraçando os joelhos e com o olhar perdido.

Raffi decidiu deixá-lo em paz. Empurrou com o pé todos os excrementos e fiapos imundos de feno para um dos cantos e jogou o colchão por cima. Em seguida, pegou a mochila e os dois pratos de comida que alguém passara por uma portinhola na base da porta.

Analisou os pratos ansiosamente.

— Temos algum tipo de carne. Parece boa. O pão está velho. E queijo. — Provou o líquido transparente que fora trazido numa caneca de madeira e fez uma careta. — Água. Ele não é dos mais generosos, é?

Galen murmurou alguma coisa sem importância. Com pressa, Raffi começou a comer. Estava faminto — estava sempre faminto —, e até mesmo o pão velho podia ser umedecido na água e partido. Com os pedaços de tubérculos e algumas ervas que eles tinham na mochila, ficava quase saboroso.

Engolindo uma bocada, murmurou:

— E agora, o que vamos fazer?

Galen ergueu os olhos. Na penumbra da cela, seu rosto parecia cansado.

— Aceitar a proposta.

— Só para sair daqui, certo? Quero dizer, ele nunca vai devolver a caixa.

O mestre mudou de posição. Esticou o braço para pegar a mochila, tirou lá de dentro um cotoco de vela e limpou a poeira de um pequeno espaço para colocá-la. Em seguida, tateou em busca da caixa de fósforos.

A chama azul crepitou e lambeu o pavio. Quando ela tornou-se estável e amarela, Galen ergueu a caneca de água e bebeu com sofreguidão.

— Talvez sim, talvez não. A caixa contém o espírito dos Criadores. Ela não vai sossegar na mão de Alberic. Vai querer voltar para nós.

A CAIXA DE FOGO

— Então não precisamos nos preocupar com esse Sekoi, certo?

O guardião botou a caneca de volta no chão e pegou a comida. Estava com uma expressão estranha, intensa.

— Acho que eu quero me preocupar.

Raffi parou de pescar as migalhas e olhou para Galen.

— Você quer resolver um problema do Alberic?

— Meu problema.

— Mas você o escutou! Nós teríamos de ir para Tasceron!

Galen sorriu, um sorriso selvagem, misterioso.

— Às vezes, Raffi, os Criadores mandam suas mensagens pelas pessoas que você menos espera. Eu sabia que precisava vir para cá; agora sei por quê. Não consigo escutá-los de nenhum outro jeito, por isso eles falaram através do Alberic. Eu soube assim que ele abriu a boca.

Chocado, Raffi comeu o resto das migalhas sem conseguir sentir nenhum sabor. Tasceron! Galen tinha enlouquecido.

Durante toda a sua vida, Raffi escutara histórias sobre a cidade incendiada, a cidade dos Criadores, no extremo oeste. Era gigantesca, um labirinto de milhares de ruas, becos, pontes e ruínas. Ninguém conhecia nem metade de Tasceron; ninguém sabia ao certo quando ela fora construída ou por quem, ou para que serviam a maioria das estruturas, os enormes salões de mármore, as praças com suas fontes secas. Diziam que sob a cidade havia túneis, quartos enterrados, segredos desconhecidos. Era o lugar onde costumavam ficar o palácio do Imperador e os templos das grandes relíquias e, o mais sigiloso de todos os segredos, a Casa das Árvores. Tudo perdido agora, tudo reduzido a histórias e boatos. O Imperador estava morto, os templos, destruídos. Tasceron agora pertencia aos

A CIDADE SOMBRIA

Vigias, com suas torres negras erguidas em meio à fumaça e ao fedor.

— É suicídio — murmurou.

Galen comia calmamente.

— Não — retrucou ele. — Venho pensando nisso há algum tempo. Talvez alguma coisa tenha sobrevivido em Tasceron. Talvez existam outros membros da Ordem.

Raffi se levantou e começou a andar de um lado para outro. Chutou a parede.

— Nós seríamos pegos! Deve haver Vigias por todos os lados. Quanto tempo você acha que a gente duraria? Não é possível ver nada lá, não dá nem para respirar...

Galen ergueu a cabeça num gesto abrupto.

— Não estou louco.

Eles ficaram olhando um para o outro. Devagar, Raffi se sentou.

— Eu não disse isso.

— Mas pensou. Vem pensando nisso há meses. Desde a explosão.

O aprendiz ficou em silêncio.

Galen levou os dedos à boca e começou a tamborilá-los sobre os lábios. Em seguida, acrescentou de maneira decidida:

— Desde que eu perdi meu poder.

Pronto, disse o que não ousara dizer o verão inteiro, desde que a relíquia em forma de tubo explodira enquanto ele a examinava, ferindo sua perna e sua mente, deixando-o em choque por uma semana, deitado com os olhos abertos e sem dizer nada. Ele jamais havia contado como se sentia, e Raffi nunca ousara perguntar. Agora, pegando a caneca vazia e rolando-a entre as mãos, o aprendiz percebeu que chegara a hora.

A CAIXA DE FOGO

— Por um momento naquela sala — continuou Galen —, achei que Alberic tinha adivinhado. Mas você restaurou a confiança dele. — Ele se recostou na parede escura, soltando os cabelos que ficaram presos no colarinho. — Estou vazio por dentro, Raffi. Desde a explosão, minha mente está silenciosa. Nenhum eco, nenhuma cor, nenhum espírito. Não consigo deixar meu próprio corpo. Perdi o poder e preciso encontrá-lo novamente. — A voz dele soava rouca com o sofrimento que mantivera trancado durante meses de agonia. — Eu não posso… viver desse jeito! As árvores, as pedras, não consigo senti-las. Elas falam, mas não consigo escutar. Até as relíquias, presentes dos próprios Criadores… mesmo quando as seguro, Raffi, não sinto nada. Nada!

Constrangido, com uma dó que chegava a ser quase raivosa, Raffi segurava a caneca entre as mãos como se a ninasse. Sabia que isso estava para acontecer, essa explosão. Nos últimos meses, o guardião vinha agindo de forma furiosa e enlouquecida: tentando entrar em transe, jejuando, desaparecendo floresta adentro por dias a fio, punindo a ambos com rezas, encantos e penitências. Sem nunca falar sobre o assunto. Até agora.

Porque o poder se fora. Embora só tivesse desenvolvido um pouquinho, podia imaginar o horror que isso representava. Os membros da Ordem tinham o poder de manter contato com todos os tipos de vida. E, através das relíquias, conseguiam vislumbres dos próprios Criadores, aqueles que haviam descido do céu e vivido no mundo, que o haviam formado, construído, para depois partirem, ninguém sabe para onde.

Essa perda acabaria por matar Galen. Ou o levaria à loucura.

— Você acha que pode haver algum tipo de cura em Tasceron?

A CIDADE SOMBRIA

— Tem de haver! — Galen começou a mancar em torno da cela com uma energia febril. — Alguns dos nossos devem ter sobrevivido, talvez haja alguém que possa me ajudar! Preciso tentar qualquer coisa!

O guardião se agachou e pousou a mão sobre a caneca que Raffi ainda ninava. O aprendiz ergueu os olhos e viu que Galen o analisava, os olhos sombrios. Sob a luz das velas, o rosto dele pareceu frágil, atormentado.

— Sinto muito por arrastá-lo para mais perigos. Mas vou precisar de você.

Raffi deu de ombros.

— Fiz uma promessa. Ir aonde você for. Quer seja luz ou escuridão, lembra? — Abalado, desviou os olhos.

ELES DORMIRAM NO chão frio e insuportavelmente duro, ainda mais se comparado à relva da floresta. Raffi ficou acordado por um longo tempo, escutando a respiração compassada do guardião. Sabia que Galen estava desesperado. Mas Tasceron! Teria que ir com ele, nem que fosse para tentar manter os dois vivos, mas não sabia o suficiente, ainda estava no quarto Nível. Não era justo, pensou com amargura. Além disso, o fogo ardia debaixo de Tasceron há anos. Como algum membro da Ordem poderia ter sobrevivido?

Ele devia ter dormido, porque muito tempo depois despertou com as sacudidelas de alguém que o arrancou de seus sonhos inalcançáveis. Raffi gemeu e se virou, sentindo o corpo duro. A garoa o deixara encharcado, e o quarto estava frio, inundado pela luz do amanhecer.

A CAIXA DE FOGO

Alberic estava parado à porta, acompanhado por dois sujeitos truculentos. Ele usava uma túnica de seda debruada com uma pele escura e pequeninas botas que deviam ter dado uma tremenda dor de cabeça ao sapateiro.

— Hum. — Passou os olhos em volta da cela. — O quarto de hóspedes merece uma limpeza. Mas a verdade é que a maioria dos nossos convidados não vai embora mesmo. E quanto a vocês?

Galen se levantou, um homem alto e desgostoso.

— Decidimos. Vamos encontrar o seu Sekoi.

Alberic abriu um sorriso manhoso.

— Excelente — murmurou. — Eu sabia que vocês concordariam.

O ALARME DA ABELHA

6

*O agente precisa realizar
uma vigilância adequada.*

Mandamento dos Vigias

Diário de Carys Arrin
Dia de Cyrax
4/16/546

    Era uma espécie de luz. Nada que eu já tivesse visto antes. Algo de um branco profundo, brilhante. E ela espocou através da janela mais alta da fortaleza, que dá para o leste, duas horas depois do anoitecer.

    Se eu não estivesse vigiando o lugar com atenção, poderia ter perdido a cena, embora tanto meu cavalo quanto o animal de carga tenham ficado agitados e começado a pisotear o chão. Por um momento, fiquei com medo de que alguém os escutasse, mas não havia motivo para preocupação; todos os animais de Alberic ficaram tão aterrorizados quanto os meus. Os grasnidos dos gansos e os latidos de todos os cães ressoaram nitidamente em meio à garoa.

    Cheguei à fortaleza hoje à tarde e acampei numa elevação rochosa acima dela. Estou protegida aqui. Dois grandes pinheiros erguem-se na beira do penhasco; subindo em um deles, fico bem escondida e tenho uma boa visão das defesas de Alberic. (Enviarei um relatório separado sobre isso para os Vigias assim que encontrar alguém para levá-lo.)

A CIDADE SOMBRIA

A princípio havia muita gente perambulando de um lado para outro. À medida que foi escurecendo e o tempo fechou, as pessoas entraram em suas casas. Uma garoa fina e cinzenta começou a cair, mas eu estava bem protegida. Depois que a luz espocou, me deitei em um galho e fiquei pensando sobre o que tinha visto. Em primeiro lugar, isso só podia significar que Galen Harn estava na fortaleza. Só ele poderia ter feito aquilo, ou então seu aprendiz — embora, segundo nossas informações, Raffael Morel esteja com ele há somente quatro anos, desde que Harn o tirou da fazenda do pai.

E eles devem ter usado uma relíquia. Aquilo não foi um simples truque de madeira e água, não teve nada a ver com árvores sagradas ou viagens espirituais. Foi uma forte exibição de poder, um poder ofuscante. Algo feito pelos Criadores.

Esperei por um longo tempo, lutando contra a minha curiosidade. O que estava acontecendo lá? Harn e Alberic deviam estar tramando alguma coisa, planejando algo contra os Vigias. Se ao menos eu tivesse conseguido entrar!

Dez minutos depois, a luz espocou de novo.

Dessa vez eu estava preparada, e talvez tenha sido mais próximo da janela, ou simplesmente mais forte, porque o raio foi de tirar o fôlego — um branco puro, de modo que por um segundo vi todos os telhados dos prédios abaixo se acenderem com o clarão repentino. Vi as paredes imundas, a chuva e um porco deitado de lado no chiqueiro. Em seguida, a escuridão.

O ALARME DA ABELHA

Tenho a impressão de que as pessoas na fortaleza ficaram tão chocadas quanto eu — elas saíram correndo de suas casas e se reuniram, olhando para cima.

Não vi mais nada o resto da noite. Jantei a comida fria mesmo e coloquei os animais num abrigo. Depois, deitei no galho e fiquei observando. Três luas brilhavam acima da torre dos ladrões — mesmo sob o luar matizado, as paredes pálidas cintilavam. Quem quer que tenham sido esses Criadores, eles sabiam construir. No momento, escuto o pio de uma coruja na mata; os galhos molhados farfalham à minha volta, pingando sobre esta página.

Amanhã, se nada acontecer, vou tentar entrar. Talvez não seja muito difícil. Meu rosto não é conhecido — afinal de contas, essa é minha primeira missão de verdade, a primeira vez que deixo a Casa dos Vigias. E, pelo que andei escutando, a torre de Alberic é um ninho de assassinos sanguinários, mercenários, ladrões e renegados. As pessoas aqui vêm e vão o tempo inteiro, sem nenhuma lei específica a não ser as ordens de Alberic. Talvez ninguém repare em mais outro vagabundo.

Especialmente se ele for uma garota.

Dia de Karnos, bem cedinho

Não será preciso. Eles estão saindo. Duas figuras acabaram de passar pelo portão, e parecem ser Harn e o garoto. Devem ter feito algum acordo com Alberic — caso contrário, ele jamais os teria deixado partir.

A CIDADE SOMBRIA

Vou levar um tempo para descer essa encosta rochosa e alcançá-los. Mas estou com sorte, uma tremenda sorte.

Vivos ou mortos, dizem as ordens. Não vou perdê-los agora.

7

A Ordem irá sobreviver. Eles jamais conseguirão matar todos nós. Nosso conhecimento está bem escondido debaixo da terra, e irá perdurar mesmo que o mundo acabe.

As célebres últimas palavras do
Arquiguardião Mardoc, ditas sob tortura

— **T**EM CERTEZA? — Galen estava parado debaixo de um carvalho, olhando por cima do ombro para o território enevoado que eles tinham acabado de atravessar.

— Certeza, não. — Raffi deu de ombros, incomodado. — É só uma sensação. Como se alguém tivesse me tocado e puxado a mão. Talvez não tenha sido nada.

— Pouco provável. — Galen não se mexeu. Cobrindo os olhos para protegê-los da luz do sol que despontava no horizonte, olhou para leste. — Pode ter sido um bicho.

— Você acha que Alberic mandou alguém nos seguir?

O guardião se aproximou e se sentou na relva molhada.

— Duvido.

— Mas ele sabe que a gente poderia tomar qualquer direção!

— Ele tem a caixa.

— Eu sei, e isso foi um terrível erro.

Galen lançou-lhe um olhar gélido.

— Se eu quiser a sua opinião, garoto, eu peço. A caixa está quase morta. Além disso, Alberic é ganancioso, sem dúvida, mas também é esperto. Ele irá guardar a caixa como uma arma pessoal para manter seu bando na linha. Não vai se arriscar a desperdiçá-la.

Com as costas apoiadas no tronco nodoso do carvalho, Raffi ponderou. O guardião estava certo, como sempre. Exceto com relação a Tasceron.

— Bom — falou o Mestre das Relíquias, fechando a cara —, se você acha que alguém está nos seguindo, é melhor dar uma olhada. — Ele parecia irritado. — Leve o tempo que precisar.

Raffi se recostou e inspirou o ar frio e úmido, tentando relaxar. Sentiu a relva amassada sob suas palmas. Lentamente, abriu o terceiro olho. Observou os caminhos percorridos nas últimas 24 horas, sentiu o farfalhar que os pequenos animais causavam nas cercas vivas, o gigantesco formigueiro onde a trilha cruzava o córrego. Provou os sonhos dos que dormiam na vila pela qual haviam passado, sentiu o cheiro da grande força silenciosa das árvores, das folhas apodrecidas, dos estranhos seres noturnos entre elas. Continuou retrocedendo, acompanhando a linha do rio, cruzando estradas de terra, indo cada vez mais longe, tão longe quanto conseguia alcançar, e tudo o que sentiu no limite da Terra foi o sol, com seu calor avermelhado, uma labareda surgindo com uma dor abrasadora em meio à neblina do vale.

Seus lábios se abriram, mas ele não disse nada.

Galen o pegou pelo braço.

— Pare com isso! Você está queimando.

Raffi forçou-se a voltar, um longo caminho. Ao abrir os olhos, sentiu-se exaurido. Estava suando e tonto.

— Jamais olhe para o sol! — Galen estava zangado. — Quantas vezes preciso lhe dizer isso?! Você viu alguém?

— Não sei — respondeu Raffi, ainda atordoado.

O ALARME DA ABELHA

Galen se levantou e se afastou, mancando.

— Se ao menos eu conseguisse enxergar! — gritou, desesperado, batendo com o cajado no chão.

— Não grite — gemeu o aprendiz.

O guardião se virou e empurrou a mochila com o pé na direção de Raffi.

— Beba algo. Ajuda.

Sentindo-se um fracassado, o garoto pegou a água e bebeu avidamente. Ela escorreu por seu queixo; ele aproveitou as gotas geladas e esfregou o rosto afogueado. Estava cansado, queria que eles parassem; era perigoso viajar durante o dia.

Alguns minutos depois, Galen voltou e parou do seu lado.

— Não é sua culpa — declarou com rispidez. — Você ainda não tem prática suficiente.

— Você também não tem culpa — retrucou Raffi, baixinho.

O guardião remexeu a relva com a ponta do cajado.

— Não? — Ergueu os olhos e os focou em algum ponto ao longe. — Vamos lá. Vamos encontrar algum lugar para descansar.

ERA CEDO AINDA, e uma névoa encobria os campos até a altura da cintura — andar por ali era como caminhar na água. Bandos de pequeninos pássaros levantavam voo diante deles. Aquele pasto verde e exuberante devia pertencer a alguém; um emaranhado denso de folhas e galhos finos formava as cercas vivas, e as árvores já estavam perdendo sua folhagem. O gado, de pelo castanho-amarelado, pastava um pouco mais além, observando, enquanto mastigava, os dois viajantes desconhecidos.

A CIDADE SOMBRIA

Raffi retribuiu a atenção mastigando de volta. Era um terreno fácil de atravessar, plano e firme sob os pés, pontilhado por estradinhas de terra, pequenas trilhas e portões em bom estado. Um mundo diferente da floresta. Contudo, as pessoas faziam com que ele também fosse perigoso.

Ao cruzar um arbusto e descer para uma estradinha num nível mais baixo, viu que Galen havia parado. O Mestre das Relíquias estava em pé entre as flores brancas do arbusto, com a mochila pendurada nas costas, escutando. De repente, ele se virou:

— Alguma coisa?

— Tem alguém aí na frente. Não muito longe.

Assim que Raffi disse isso, uma mulher virou a curva da estradinha: uma mulher grande, envolta em xales grosseiros, evitando as poças do caminho. Carregava uma pequena sacola nos braços que devia estar pesada, pois a colocou no chão e se esticou, parecendo cansada. E então os viu.

— Tome cuidado — sussurrou Galen.

— Não precisa me dizer isso!

Não havia como evitá-la. A estradinha ficava num nível mais baixo, como um corredor entre cercas vivas altas, entrelaçadas e cheias de espinhos. Eles apressaram o passo, o cajado de Galen agarrando no solo lamacento.

A mulher esperou com as mãos na cintura. Provavelmente estava armada, pensou Raffi. Ele baixou a cabeça e tentou parecer digno de pena. Como estava exausto e completamente encharcado, isso não foi muito difícil.

— Belo dia — Galen disse baixinho ao se aproximarem dela.

A mulher fez que sim, olhando para ambos com curiosidade.

— Para viajar está. Vocês passaram pela vila?

O ALARME DA ABELHA

— Viemos por um caminho diferente. — Galen esfregou o queixo com as costas da mão, em seguida parou, enterrou o cajado na terra e apoiou as duas mãos nele. Os colares compridos de pedras de azeviche e cristais verdes balançaram na luz pálida. — A senhora pode me dar alguma dica sobre as trilhas desta região?

Ela não pareceu assustada.

— Posso. Para onde estão indo?

Ele hesitou.

— Para a costa.

— São quatro dias de caminhada. — Ela se virou ligeiramente, mas sem tirar os olhos deles. — Continue seguindo para oeste. Guie-se por aquela pedra na montanha lá em cima. — Apontou, e Raffi viu um pequeno pilar destacado contra a linha do horizonte, uma formação escura em contraste com as nuvens. — A trilha continua a partir de lá, bem nítida nas terras brancas. Há muitas tumbas antigas por aquela região... terra dos Sekoi. Eu não passaria por lá à noite. — Ela coçou o pescoço. — Mas talvez vocês não se importem.

Se era uma indireta, Galen a ignorou.

— E onde podemos cruzar o rio? — perguntou.

Ela soltou uma risada curta e, em seguida, o analisou com cuidado.

— Perto da nascente. Quase no topo do vale. Meio dia de caminhada.

— Não há um lugar mais perto? Ou uma ponte?

Por um momento, ela não disse nada. E então, com um jeito estranho, falou:

— Ah, existe uma ponte sim, mestre. Na base da ravina. Mas ninguém pode atravessá-la. Escute meu conselho e fique longe dela.

A CIDADE SOMBRIA

Raffi sentiu o interesse de Galen.

— Por quê?

Em vez de responder, ela declarou:

— Todos nós tememos os Vigias, viajante, não é mesmo?

— É verdade — concordou baixinho o guardião.

— Pois então, escutem. A ponte foi feita pelos Criadores. Muitos tentaram atravessá-la e não conseguiram, isso é tudo o que eu sei. Sigam na direção da nascente. — Ela quase sorriu. — Vejo que estou desperdiçando saliva.

Galen a fitou com seriedade.

— Obrigado.

— Tomem cuidado. Se você fosse um membro da antiga Ordem, eu lhe pediria uma bênção.

— Se eu fosse, eu lhe daria a bênção de bom grado.

Ela anuiu com um breve menear de cabeça, pegou a sacola e passou por Raffi. O aprendiz deu um passo para o lado a fim de deixá-la passar, e então percebeu o olhar de relance que a mulher lhe lançou, penetrante e interessado. Ela sabia quem eles eram. Mas, por via das dúvidas, ninguém diria nada.

Ao alcançar o final da estradinha, ela se virou.

— Alimente esse menino — gritou. — Ele parece meio faminto.

Após dizer isso, ela se foi, abrindo caminho pelos espinheiros molhados, o que fez liberar uma chuva brilhante de gotas de orvalho.

Raffi se virou para Galen.

— E então?

O guardião puxou o cajado enfiado na lama.

— Vamos ver essa ponte.

Raffi suspirou.

O ALARME DA ABELHA

— Eu sabia.

Ao final da trilha havia outra estrada cruzando um campo e, logo depois, um caminho escavado entre as pedras que descia para a esquerda, em meio a árvores gotejantes. A descida era íngreme; as pedras molhadas estavam escorregadias e tão cobertas pela vegetação que Galen tinha que afastar as folhas.

— Quase ninguém usa esse caminho — ofegou Raffi, escorregando.

— Ele já foi bem usado no passado. — O guardião fez força para quebrar um galho, murmurando uma prece para acalmar a árvore. — As pedras estão aqui por algum motivo.

Enquanto desciam, Raffi sentiu a idade da trilha escavada. Ela se tornou um túnel verde de folhas: samambaias enormes e fileiras de linhos e cavalinhas, filipêndulas e pequeninos tapetes de flores roxas cobriam e despontavam do meio das pedras.

Ao se agachar e afastar as folhas molhadas para o lado, o aprendiz percebeu que as laterais da trilha eram cercadas. Galen estava certo, aquele caminho já fora importante. Agora era uma viela escura e molhada pelas gotas de chuva que pingavam das árvores, de modo que fios de água escorriam pela lama avermelhada e por cima das pedras, fazendo Raffi escorregar e chafurdar nas poças.

Eles continuaram descendo em direção às profundezas do vale. O ar tornou-se pegajoso e denso devido ao pólen; pequeninas moscas zumbiam em meio a fileiras de flores brancas, com seu fedor adocicado e acre. Um pouco à frente, as costas de Galen se iluminaram com raios de luz dourada quando ele passou por um trecho mais aberto.

— Estamos saindo — murmurou ele.

A CIDADE SOMBRIA

Raffi terminou de descer com um dos tornozelos doendo. Uma vez embaixo, equilibrou-se em duas pedras nas quais a água batia, virou-se e olhou para a trilha coberta pela vegetação. As gotas continuavam a cair silenciosamente. Se alguém os estivesse seguindo, teria que descer pelo mesmo caminho. Pensou por alguns instantes, agachou-se e, com a ponta do dedo, cuidadosamente fez um desenho na terra molhada. Uma abelha preta, aquela que reúne e guarda — um dos símbolos da Ordem. Em seguida, para esconder, jogou um punhado de folhas sobre ela. Agora veremos, pensou.

A trilha se alargava na margem do rio, um declive íngreme de lama avermelhada. Contudo, as raízes expostas das enormes faias acabavam por formar uma espécie de escada natural. Galen já começara a descer. Um pouco mais além, Raffi viu uma ponte.

Era uma estrutura bizarra. Baixa, uns poucos centímetros acima da água, e aparentemente presa por elos de madeira preta lascados e quebrados em alguns lugares. As tábuas pareciam semiapodrecidas. Havia também entalhes nas duas estacas de suporte fincadas na margem — rostos grotescos, como que rosnando — e vários postes nas redondezas decorados com penas e pedaços de pano.

Raffi terminou de descer com um pulo e parou ao lado de Galen.

— As pessoas ainda têm medo dessas coisas.

— Isso não me surpreende.

As águas do rio corriam lentamente, carregando consigo plantas e caniços. Uma névoa pairava sobre elas, de modo que a ponte dava a impressão de conduzir a um nada cinzento. Logo abaixo da superfície, algas verdes e espessas eram arrastadas como se fossem mechas de cabelo.

Raffi deu alguns tapas no ar para afastar os mosquitos.

— Isso está parecendo um pântano.

O ALARME DA ABELHA

— E quanto à ponte? — Galen perguntou com frieza.

Suspirando, Raffi apurou os sentidos, mas só conseguiu detectar a névoa e a corrente. Estava cansado.

— Não podemos dormir um pouco? — murmurou. — O sol está alto no céu, e nós caminhamos a noite inteira. É pouco provável que alguém apareça.

— Eu decido a hora de parar! — Galen soltou a mochila no chão e jogou o cajado em cima dela. Aproximou-se da ponte, pousou as mãos sobre as duas estacas de suporte e ficou ali por alguns instantes, olhando para a névoa. Raffi sabia que ele estava se esforçando para sentir alguma coisa. Nada. Ao falar, a voz do guardião soou rouca, derrotada.

— Vou cruzar. Fique aqui. Se eu te chamar, venha.

— Espere! — Raffi hesitou. — Não seria melhor eu...?

— Não! Eu ainda sou o Mestre.

Com cuidado, Galen deu um passo à frente. Os elos pretos se retesaram; a ponte estalou e balançou, mas pareceu ser forte o bastante para aguentá-lo. Ele continuou, um passo depois do outro, evitando as tábuas quebradas, fundindo-se com a névoa que subia das águas estagnadas. Pouco a pouco ela se fechou à sua volta e ele desapareceu.

Raffi esperou, ansioso. As águas do rio ondulavam silenciosamente, desprendendo um fedor de podridão. Uma cobra passou serpenteando por entre os juncos e desapareceu. Nada mais se moveu. O silêncio era intenso, subitamente assustador. Raffi se aproximou da ponte e segurou as duas estacas de suporte.

— Galen?

Antes que tivesse a chance de chamar o guardião novamente, viu algo se mexendo na névoa. A silhueta escura de Galen surgiu do meio dela, andando com cuidado. Ao erguer os olhos, ele pareceu surpreso.

O guardião fitou Raffi de um jeito estranho. Em seguida, saltou da ponte, parou sobre uma poça de lama e olhou em torno.

— Que foi? — Raffi exigiu saber. — Por que você voltou?

— Veja com seus próprios olhos.

— Como?

Galen se sentou na margem do rio. Parecia confuso e divertido com a situação.

— Vá. Dê uma olhada.

Raffi o encarou por alguns segundos, virou-se com um movimento brusco e subiu na ponte. Prosseguiu rapidamente, pulando sobre as tábuas rachadas e os buracos. Ao olhar para trás, viu apenas névoa. Estava cercado por ela. Um pássaro aquático piou em algum lugar.

Sentindo a ponte balançar, viu algo à frente. Um grupo de faias, altas e verdes. Uma das tábuas cedeu sob seu pé e o fez pular rapidamente. Ergueu os olhos. A margem do rio surgiu em meio à neblina cinzenta.

Raffi parou, estupefato.

Galen estava sentado ao lado da mochila, as pernas esticadas. Ele acenou.

— E então? — perguntou, com sarcasmo. — O que foi que aconteceu? Por que você voltou?

— Eu não voltei! Segui direto em frente!

O guardião soltou uma risada implacável.

— Eu também, Raffi. Eu também.

8

— Agora — disse Flain —, precisamos de um mensageiro que sirva de intermediário entre nós e a Deusa.

A águia se pronunciou:

— Eu posso fazer isso. — Porém a águia era orgulhosa demais.

O abelharuco disse:

— Deixe-me ser o mensageiro. — Porém o abelharuco era fútil demais.

O corvo falou:

— Deixe que eu seja. Sou um ser obscuro, comedor de carniça. Não tenho nada do que me orgulhar.

Então, Flain escolheu o corvo e murmurou os segredos para ele.

Livro das Sete Luas

ERA SURPREENDENTE. E irritante. Raffi já cruzara a ponte três vezes. E, em cada uma delas, voltava ao ponto de partida.

— É impossível — murmurou. — Quero dizer, a ponte não é circular, não há nenhuma curva! Não entendo!

Galen estava sentado de pernas cruzadas na margem do rio. Havia colhido alguns cogumelos alaranjados no tronco de uma árvore morta e agora os fritava na pequena frigideira que posicionara sobre uma fogueira cuidadosamente armada para não fazer fumaça.

— O que foi que eu ensinei a você? — perguntou. — Entender não é o bastante. Entender é algo que vem de fora para dentro, uma simples função da sua mente.

Raffi suspirou.

— Eu sei.

— Entrar, esse é o segredo. Você precisa se tornar a ponte, penetrar sua alma, balançar com ela, apodrecer por séculos, tal como a madeira apodreceu. Quando você se tornar a ponte, irá descobrir o que ela sabe. Isso leva tempo. Uma vida inteira. E habilidade.

A CIDADE SOMBRIA

Chateado, Raffi se sentou. Galen lançou-lhe um olhar penetrante.

— Você sabe, mas não aplica seu conhecimento. É preguiçoso. Agora pense. Como é que a ponte pode ser assim?

Raffi olhou para os cogumelos de cara feia, contando os pedaços. Disse:

— Ela pode ter sido feita pelos Criadores. Embora não pareça tão antiga assim.

Galen concordou com um menear de cabeça, balançando a frigideira. A gordura de porco respingou e chiou.

— É possível. A ponte inteira seria uma relíquia. Ela pode ser mais antiga do que parece. A madeira não é de nenhuma árvore que eu conheça. E o que mais?

O aprendiz engoliu em seco.

— Eles já não estão prontos?

— Concentre-se. Que mais?

Ele se forçou a pensar.

— Um encanto de proteção. Feito por alguém que vive do outro lado.

— Também é possível. Aqui, coma um pouco.

O garoto espetou uma fatia delicadamente com a ponta da faca, balançou um pouco e, sem esperar esfriar, comeu e acabou queimando a boca. Repetiu o processo mais três vezes sem dizer nada e, então, parou, com outra fatia espetada na faca.

— E quanto aos Sekoi?

— Não. — Galen mastigou devagar. — Isso não tem nada a ver com os Sekoi. Tenho a impressão de que é obra de um dos nossos.

— Um dos nossos?

— Alguém da Ordem.

O ALARME DA ABELHA

O aprendiz se empertigou.

— Um sobrevivente?

— Talvez. — O guardião observou a ponte com olhos intensos e sombrios. — Alguns membros da Ordem tinham grandes habilidades, menino. Eles conheciam as relíquias mais poderosas... lidavam com elas diariamente. Parte do poder dos Criadores fora passado para eles. Sabiam coisas estranhas... coisas que jamais haviam sido escritas, talvez até os segredos dos próprios Criadores. Um velho certa vez me contou que, quando os Criadores foram embora, deixaram para trás um livro enrolado num pano preto, contendo todos os seus feitos. Só um homem conhecia o código no qual ele fora escrito. O conhecimento foi passado de um arquiguardião para o seguinte, até Mardoc ser traído. Talvez alguém ainda o conheça.

Ele se levantou de supetão, jogou fora a gordura restante e lavou a frigideira no rio, deixando para trás um rastro de óleo. Em seguida, jogou-a no chão ao lado de Raffi.

— Guarde tudo. Você carrega a mochila agora.

— Para onde nós vamos?

— Atravessar a ponte, é claro! — Galen pegou o cajado e fez uma careta com o canto da boca. — Eu posso ter perdido meus poderes, mas ainda tenho minha memória. Talvez as palavras sejam suficientes, se você souber quais usar.

Ele se aproximou da ponte, agachou-se, pegou um punhado de lama avermelhada e fez dois desenhos nas estacas entalhadas, sinalizando para que Raffi se mantivesse afastado, de modo que o aprendiz não conseguiu ver do que se tratava. Depois, cobriu o desenho de novo com um emaranhado de urtigas. Levando uma das mãos à boca para lamber a queimadura, levantou-se.

A CIDADE SOMBRIA

Raffi observou com uma fisgada de excitação. Já podia sentir algo diferente no ar, e o que quer que fosse se desprendia dos desenhos escondidos como uma fragrância suave.

Galen parou na frente da ponte e começou a murmurar. Era uma velha prece, que Raffi só escutara uma única vez, entremeada por palavras da antiga língua dos Criadores que ele não entendia muito bem. A voz do guardião tornou-se mais rouca ao pronunciá-las; o ar ficou mais leve, como se alguma coisa na névoa tivesse retrocedido, recuado. O aprendiz rapidamente juntou-se ao mestre.

Galen se calou e escutou.

— E agora?

— Parece que alguma coisa mudou.

— Então eu estava certo. Fique perto de mim. — Eles subiram na ponte, que oscilou e balançou sob seus pés. A névoa espiralou sobre os caniços. Raffi, então, agarrou-se às gastas correntes de madeira, sentindo a estrutura instável estalar debaixo dele. Só que dessa vez foi diferente. Ao terminarem de atravessar, viu as árvores que despontavam do pântano, não faias, e sim carvalhos... antigos, grossos e ocos... além de azevinhos e espinheiros que se aglomeravam em torno da margem.

— Você conseguiu!

O guardião fez que sim. Parou na extremidade da ponte e olhou em torno.

— Só que essa não é a margem oposta do rio. Tenho a impressão de que estamos numa espécie de ilha. Bem pequena. E tomada pela vegetação. Ninguém vem aqui há anos.

A decepção era notória em sua voz.

Afastando as dedaleiras e as samambaias, eles foram abrindo caminho. O silêncio que reinava na ilha deixou Raffi incomodado.

O ALARME DA ABELHA

Nenhum pássaro cantava. Acima dos galhos retorcidos, o céu estava azul, pálido como uma casca de ovo. Deu-se conta de que a manhã já ia pela metade.

Galen parou. Diante deles havia uma casa, ou o que um dia fora uma casa. Agora restavam apenas paredes em ruínas que se erguiam em meio a grande quantidade de sabugueiros – paredes vermelhas, feitas de tijolos – e uma única janela com a veneziana preta aberta. Passando por cima das urtigas, Raffi parou à porta e deu uma olhada em volta.

O aposento fora tomado pelas árvores. Os carvalhos haviam provocado inúmeras rachaduras. Com o passar dos anos, toda a estrutura desaparecera debaixo da hera e dos fungos que surgiam na madeira apodrecida. Metade de uma chaminé ainda se encontrava de pé, com plantas saindo pela abertura.

O barulho de algo sendo esmagado o fez dar um pulo; Galen abrira caminho e entrara em meio a uma nuvem de sementes e mosquitos.

Raffi o seguiu.

— Essa casa era de um dos nossos?

— Acredito que sim.

— Mas por que o encanto de proteção? Não há nada aqui para proteger.

O guardião o fitou com desdém.

— É sobre isso que devemos pensar. Vá pegar a mochila.

Ao voltar com a mochila, Raffi encontrou Galen ajoelhado diante das ruínas da lareira, limpando a terra e as minhocas dos tijolos vermelhos esmagados e quebrados. O guardião cravou as unhas imundas entre os tijolos e levantou um deles, que se moveu com um barulho estranho e seco.

A CIDADE SOMBRIA

A terra por baixo estava úmida. Galen levantou o próximo.

— O que você está procurando?

— Qualquer coisa. O encanto é forte. Deve haver alguma coisa aqui que precise de proteção.

— Relíquias!

— Provavelmente. — Ele soltou outro tijolo e um buraco escuro apareceu. Raffi rapidamente se agachou. Sentiu a lufada de poder, leve, porém inconfundível. — Tem alguma coisa aqui!

Galen abriu um pouco mais o buraco, enfiou as mãos e cavou com os dedos. De repente, puxou as mãos de volta com uma chuva de terra.

Segurava um pequeno pacote enrolado em várias camadas de tecido engomado. Afastou-se do buraco, se virou e colocou o pacote com cuidado sobre uma pedra plana.

— É perigoso? — perguntou, sem erguer os olhos.

— Acho que não. — Raffi se sentiu inadequado, a velha sensação de sempre. — Não sei.

Galen lançou-lhe um olhar de esguelha. Em seguida, desenrolou o pacote, os dedos se movendo avidamente. Raffi sabia que ele estava assumindo um risco.

O pano se soltou. Eles viram um pequeno globo de vidro e um papiro feito com uma casca fininha de tronco de árvore. O papiro tinha apodrecido, e, mesmo abrindo-o com extremo cuidado, alguns pedaços se soltaram. O guardião soltou um suspiro de frustração quando ele se partiu.

A escrita não passava de rabiscos desbotados, com algumas palavras já completamente apagadas. Galen leu em voz alta, sério.

Kelnar, da Ordem dos Guardiões. Para todos aqueles que percorrem o Caminho Sagrado e que ainda estão vivos... venham para cá. Os Vigias...

O ALARME DA ABELHA

das terras brancas. O arquiguardião Tesk morreu ontem, e eles o levaram. Eles sabem que eu estou aqui, preciso encontrar... tenho pouco tempo. Entendam. Eu vi o Corvo. Ele ainda vive nos recantos escuros de Tasceron, na Casa das Árvores, nas profundezas do subterrâneo, protegido por encantos. Não sei dizer...

Galen franziu o cenho.

— O texto está muito destruído. Só consigo captar algumas palavras: *oco, sagrado, o mensageiro.* Depois: *encontrem-no. Encontrem-no. Orações e bênçãos, meus irmãos. Que a força da rocha e a esperteza da raposa estejam com vocês.*

Ele ergueu os olhos.

— Isso é tudo.

Com muito cuidado, reuniu os pedaços que haviam se soltado, tentando descobrir mais alguma coisa.

— O Corvo! — exclamou Raffi, pasmo. — Ele ainda está vivo!

— Tesk morreu há vinte anos. Ele estava vivo até então.

Mas o aprendiz percebeu que a notícia havia mexido com o guardião, e mexido profundamente. Queria perguntar o que isso significava, porém, em vez disso, pegou o globo com todo o cuidado. Ele era frio, pesado e transparente. Girou-o em suas mãos. Dessa vez, não sentiu nada vindo dele. Apenas silêncio.

Galen o tomou dele.

— Uma relíquia. Mas o que será que ele faz? — murmurou uma prece, uma breve bênção. — Certa vez, vi uma imagem do Corvo carregando no bico um globo igual a este. Um dos símbolos mais secretos. Mas nunca aprendi o que ele significava.

— Você o conhecia? — perguntou Raffi.

— Kelnar? Não. Nunca ouvi o nome. Mas a Ordem era grandiosa nos meus tempos de aprendiz. Havia centenas de guardiões.

A CIDADE SOMBRIA

— Gostaria de saber o que aconteceu com ele.

Galen franziu o cenho. Enrolou o globo de volta no tecido engomado, pegou a carta e a releu. Em seguida, amassou-a entre os dedos. Fragmentos do papiro ressecado voaram com a brisa que vinha do rio.

— Morto — respondeu baixinho. — Como todos os demais.

ELES DECIDIRAM DORMIR na ilha. Com o encanto sobre a ponte, e outro sobre a segunda, que levava à outra margem passando por uma grande fileira de urtigas, não havia lugar mais seguro que aquele. Raffi estava cansado demais para pensar sobre o que eles haviam encontrado. Tomou o chá feito com folhas de urtiga e se enroscou rapidamente num cobertor, sob a proteção da parede em ruínas.

Teve um sonho estranho. Viu-se caminhando sem parar por uma planície gramada; uma grande cidade erguia-se à frente, com suas torres e pináculos destacados contra o horizonte, mas ele não conseguia alcançá-la, não conseguia sequer se aproximar dela. E, atrás, sua própria sombra comprida e escura dançava e saltitava alegremente. Ele sabia disso, porém, cada vez que se virava, a sombra parava. Ao retomar a caminhada, sentia a dança maquiavélica recomeçar às suas costas. Não havia nada que pudesse fazer em relação a isso.

Ao acordar, continuou deitado de olhos fechados, sonolento, tentando se lembrar. Os sonhos eram importantes. Talvez alguém os estivesse seguindo. Os Vigias, pensou, tomado por um medo repentino. Ou Alberic. Quem quer que fosse, porém, seria impedido pela ponte. Saber que isso era verdade o deixou aliviado. Só um guardião conseguiria atravessá-la.

O ALARME DA ABELHA

Quando Raffi finalmente se sentou, o céu já estava escurecendo — os últimos raios avermelhados de sol morriam a oeste. Um grupo de nuvens escuras estava se formando por lá, prenúncio de mau tempo; colunas espiraladas de mosquitos e moscas reuniam-se entre os caniços.

Ele acendeu o fogo, ferveu a água, encontrou algumas raízes e um solitário ovo de pato. Quando Galen acordou, eles se sentaram debaixo de um salgueiro, abriram as mãos e recitaram a prece do dia de forma solene. Em seguida, comeram. O guardião dividiu o ovo ao meio, embora fosse dele por direito. Cuspindo alguns pedaços de casca, disse:

— Vamos passar a noite aqui. Partiremos pela manhã. Vai ser mais perigoso, mas não devemos atravessar as terras mortuárias à noite.

— Ótimo — murmurou Raffi, de boca cheia.

Galen se recostou e cruzou os braços. De repente, perguntou:

— Quem é o Corvo, Raffi?

O aprendiz engoliu depressa. Conhecia o ritual; a Litania dos Criadores sempre o fascinara.

— O Corvo é o mensageiro. No início, o Corvo fazia as viagens entre os Criadores e a Deusa. Ele carregava suas palavras, escritas em letras douradas, e as repetia para a Deusa. Posteriormente, quando os Criadores deixaram Anara e foram para as sete luas, o Corvo passou a trazer as mensagens deles para os guardiões e para os Mestres das Relíquias da Ordem.

— O Corvo é um pássaro?

— O Corvo é um pássaro e não é um pássaro. Ele é um homem e não é um homem.

— Ele é uma voz?

A CIDADE SOMBRIA

— Ele é a voz dos Criadores.

Galen anuiu com um meneio de cabeça.

— Excelente. Tenho esquecido de estudar a Litania com você ultimamente.

— Saber as respostas é uma coisa — comentou Raffi. — Ainda não sei ao certo o que elas significam.

O guardião revirou o fogo e soltou uma risada rouca.

— Os sábios passam a vida inteira analisando as respostas. Um aprendiz do quarto ano não conhece nada ainda. O Corvo é um ser espiritual. Ele pode assumir várias formas. E é real.

— Você alguma vez... o viu?

Galen ergueu os olhos, surpreso. Em seguida, deu de ombros.

— Eu tinha mais ou menos a sua idade quando a Ordem foi destruída. Visões como essa estavam muito acima da minha capacidade. Desde então, tudo o que sei aprendi com Malik, meu mestre, com o Livro e com os poucos membros da Ordem que encontrei. As grandes visões foram quebradas, Raffi. Nosso conhecimento está em pedaços, enterrado sob as cinzas das bibliotecas incendiadas. Somente em Tasceron pode haver alguém que conheça as respostas.

Raffi olhou para as sete luas. Atterix e Pyra estavam quase juntas.

— O homem que escreveu aquela carta... ele disse que viu o Corvo.

— Muita coisa pode acontecer em vinte anos. — Os olhos do guardião estavam envoltos em sombras, mas quando ele mudou de posição, Raffi percebeu um brilho estranho. — Ainda assim, o Corvo é imortal. Se conseguirmos encontrá-lo, falar com ele... se ele puder levar nossa mensagem para os Criadores... se os Criadores voltarem...

O ALARME DA ABELHA

Galen se calou, deleitando-se com essa ideia, e Raffi também, escutando o ondular das águas indolentes, o chilrear de um pássaro se preparando para dormir. De repente, levantou a mão com um assobio de dor.

O guardião se virou para ele.

— Que foi?

— Uma ferroada de abelha!

Um pequeno inchaço começava a aparecer em seu pulso. Ele o levou à boca e sugou a dor.

— À noite?

Raffi esperou o latejar diminuir. E, então, disse:

— Não foi uma abelha de verdade. Eu fiz o sinal da abelha numa das pedras quando terminamos de descer a trilha. Alguém acaba de pisar nela.

9

*Os Vigias nunca dormem. Nunca aliviam
a busca; nunca voltam atrás.*

Mandamento dos Vigias

Diário de Carys Arrin
Dia de Lars, à noite
7/16/546

    Eu os perdi.
    Estou tão irritada que mal consigo falar sobre isso, mas o que me atrapalhou foi um encanto.
    Não há outra palavra para explicar o que aconteceu. Todas as vezes que tentei atravessar a ponte, me vi de volta ao ponto de partida! Tenho a impressão de que existe alguma espécie de campo energético que confunde a mente — não posso acreditar que um encanto realmente transforme a matéria, ou que a ponte tenha apenas uma única saída. Durante todo o meu treinamento, os líderes dos Vigias insistiam em afirmar que os poderes da Ordem eram meramente ilusórios — posso até ver o velho e gordo Jeltok batendo com sua bengala na mesa. Bom, ilusão ou não, funcionou comigo.
    Galen Harn atravessou a ponte. Encontrei vestígios de uma fogueira às margens do rio e restos de comida — alguma espécie de cogumelo. Talvez eles tenham preparado um chá e bebido para anular o efeito do encanto. É arriscado demais tentar fazer a mesma coisa com tão poucos dados.

A CIDADE SOMBRIA

No final, tive que desistir. Tentar entrar no pântano com o cavalo seria perda de tempo — a área é toda fechada por faias e amieiros; o solo é lamacento e provavelmente fundo. Quase gritei de frustração e, com raiva, acabei chutando os elos pretos e apodrecidos da ponte.

O pior de tudo é que eles viajam à noite. Harn é esperto. Passou a vida inteira sendo caçado, sabe como se mesclar às folhas e à terra, embora eu não acredite nessa baboseira de que os guardiões podem se transformar em árvores e pedras.

Já era noite quando peguei o caminho de volta e, embora tivesse dormido um pouco, estava cansada. Ontem vendi meu animal de carga e a maior parte das mercadorias numa vila além dos campos — preciso ser rápida agora. Mas mantive o cavalo, o que é uma vantagem. Eles estão a pé.

Depois de subir com o cavalo pela trilha pedregosa, virei para o leste e atravessei rapidamente os campos no escuro. Meu plano era subir o rio até um ponto em que conseguisse atravessá-lo. Soprava um vento gelado e o terreno era incerto, mas o pior de tudo era o fato de ser uma subida constante, com o rio correndo lá embaixo, entre margens íngremes e cobertas por freixos e arbustos de sabugueiros. Não havia como descer — eu tinha que prosseguir, afastando-me da ponte cada vez mais.

Furiosa, fechei o casaco e incitei o cavalo a continuar. Seguimos galopando, pulando muros e cercas vivas, com quatro das sete luas a nos observar através das

O ALARME DA ABELHA

nuvens. Passamos por estradinhas margeadas por muros de pedra e uma fazenda às escuras, contornamos bosques fechados; a busca por um atalho parecia que não terminaria nunca. Já estava quase amanhecendo quando finalmente encontrei. Uma trilha estreita, de terra batida. [Cheirando a felinos noturnos, parecia ter sido feita por animais. Desaparecia em meio a incontáveis juníperos e arbustos de amoras selvagens.]

O cavalo não gostou nem um pouco. E, na verdade, nem eu, mas o tempo era curto e eu estava zangada, meio impaciente. Assim sendo, prossegui. Posso até ver o velho Jellie fazendo que não.

Estava escuro entre as árvores; os galhos eram baixos e entrelaçados. Tive que desmontar, afastá-los e conduzir o cavalo pela rédea. Apreensivos, arranhados e atacados pelos mosquitos, fomos descendo a trilha — os passos abafados pela vegetação flexível, as amoras murchas pelo frio do inverno. O caminho tornou-se uma descida íngreme. O cavalo relinchava sem parar, saturando o ar com um penetrante cheiro de medo. Amaldiçoando a situação, peguei a balestra e carreguei-a rapidamente. Um galho se partiu em meio aos arbustos baixos.

Parei e ergui a balestra. Havia pouca luz ali. Em algum lugar à minha frente, eu podia ver a luz pálida do dia que começava a despontar, porém, entre aquela profusão de troncos, reinavam apenas o silêncio e a escuridão.

Eu o escutei um segundo antes do bote. Senti o rosnado diante do meu rosto, mas ele passou por mim,

A CIDADE SOMBRIA

uma pequena silhueta preta e ágil, e se lançou sobre o cavalo, que empinou e relinchou, aterrorizado. Mirei rápido demais; a flecha saiu do curso e se fincou no tronco de um freixo. Tomado por um pânico enlouquecedor, o cavalo fugiu em disparada, com o felino a persegui-lo como uma sombra.

Continuei descendo a trilha, furiosa, sem esperança alguma. Eu sabia o que um gato noturno podia fazer — não havia a menor chance de conseguir retornar à ponte a cavalo. E, acredite em mim, eu estava assustada. Mas precisava da comida e do dinheiro que carregava no alforje. Tudo o que eu tinha estava no maldito cavalo. De repente, ao sair do meio das árvores, tropecei e caí de cara em cima de alguma coisa atravessada no caminho. Agachando-me, olhei para ver o que era.

O gato estava esparramado, como se houvesse caído no meio de um salto. Uma das patas esticada, a boca ameaçadora aberta na agonia da morte. Ele ainda estava quente. As pulgas saltitavam por cima do corpo. Com todo o cuidado, estiquei o braço e o toquei. A cabeçorra tombou para o lado, e o sangue que empapava o pelo negro começou a coagular. Uma flecha despontava do pescoço da fera.

Rolei para me esconder no arbusto mais próximo, peguei a balestra e carreguei-a. Eu não tinha acertado o gato. Aquilo era o trabalho de outra pessoa. E, quem quer que fosse, voltaria para ver o resultado. Controlando a respiração, esperei em meio à folhagem.

O ALARME DA ABELHA

Você precisa conhecer o seu adversário, Jellie costumava dizer. Na época, eu não acreditava que ele tivesse sido um agente de campo, embora suas capturas estivessem listadas em todas as torres dos Vigias. Ele deve ter sido magro um dia.

Dois minutos depois, um melro piou e levantou voo. Escutei vozes vindas da direção do rio. Com a mira preparada, observei-os se aproximar, dois homens, abrindo caminho entre as samambaias, puxando meu nervoso e suado cavalo.

Eu poderia ter matado os dois, ou pelo menos um. O outro talvez conseguisse fugir antes que eu recarregasse a balestra, o que acabaria por transformar a situação numa brincadeira de gato e rato, e eu não fazia ideia se havia mais alguém pelas redondezas. Era melhor esperar.

Eles pararam ao lado do felino, rindo, felizes consigo mesmos. O mais alto deles olhou na direção da trilha.

— Talvez o cavaleiro ainda esteja vivo.

— Talvez.

— Você acha que devemos dar uma olhada?

O mais baixo riu e fez que não.

— Não. Os gatos o pegaram. Ou ele quebrou o pescoço ao cair do cavalo. O animal vale pelo menos cinquenta marcos, pra não falar das coisas no alforje.

— E se ele aparecer?

Eles trocaram olhares. Caíram na risada mais uma vez.

A CIDADE SOMBRIA

Tirei o dedo do gatilho, forçando-me a ficar calma. Eu me irrito com muita facilidade, e um agente precisa manter o controle. Eles não sabiam que eu era uma Vigia. Eu poderia ter me levantado e dito — talvez eles recuassem. Talvez não. Contrariada, continuei deitada onde estava, escondida entre as folhas, sentindo os cupins passeando pela minha pele. Enquanto isso, Galen Harn se afastava cada vez mais.

Eles não estavam com pressa. Esfolaram o gato ali mesmo, pegaram a pele grossa e macia, os dentes, as patas e parte das entranhas. Em pouco tempo, o ar ficou impregnado com o cheiro de sangue, nuvens de moscas rondavam a carcaça. Por fim, quando a manhã já estava pela metade, reuniram suas coisas, arrumaram todo o carregamento no cavalo e partiram de volta na direção do rio. Falavam alto e de forma distraída, mas suas balestras estavam carregadas.

Imunda e dolorida, observei-os se afastarem, em seguida, me levantei e os segui em silêncio, escondendo-me atrás dos arbustos e das árvores. Posso não ser um membro da Ordem com poderes mágicos, mas costumava brincar de pique-esconde com as outras crianças das Casas dos Vigias. Nunca me pegaram. Nem vão pegar agora.

A fazenda ficava a mais de uma hora de distância. A primeira coisa que senti foi o cheiro, o odor forte do gado pastando no terreno alagadiço. Logo depois, vi a ponta de um telhado, não muito distante da água. O rio era mais estreito ali, ainda preguiçoso, porém raso; dava para ver as vacas mergulhadas na água até os joelhos

O ALARME DA ABELHA

e os seixos rolados que cravejavam a margem. Eu poderia atravessar. Mas queria recuperar meu cavalo.

Os homens o amarraram a uma árvore e entraram na casa.

Escondida atrás de um arbusto baixo, analisei os arredores. Não era uma vila, como eu temia, e sim uma casa isolada. Devia haver menos de dez pessoas ali. De repente, a porta se abriu, e os dois homens saíram novamente, seguidos por mulheres, um velho e algumas crianças. Eles deram uma maçã ao cavalo, o contornaram e bateram de leve em suas pernas, admirados. Uma garotinha num vestido puído foi colocada sobre seu lombo.

Havia cachorros também, é claro. Dois. Eu não estava na direção do vento, o que era bom, mas mesmo assim eles me apavoraram. Não dá para confiar em cães. Vi os homens abrirem o alforje. Pouco a pouco, toda a minha comida foi sendo levada para dentro de casa. Em seguida, eles suspenderam minhas roupas, surpresos, e soltei uma risada amarga. Eu sou pequena, mesmo para uma garota. O que estariam pensando agora?

Por fim, quando estava prestes a desistir e me apresentar, todos entraram. Saí de fininho do meu esconderijo e atravessei rapidamente o terreno encharcado. A frustração tomou conta de mim — de repente, me senti impulsiva, violenta. Tinha perdido muito tempo, então, se fosse para agir, tinha que ser agora, antes que eles voltassem!

Sem pensar duas vezes, saí correndo, de cabeça baixa, em direção ao pasto lamacento. O cavalo relinchou;

A CIDADE SOMBRIA

cortei a corda, pulei em seu lombo e o incitei com toda a força. Já estávamos passando pelo portão quando ouvi os gritos. Não olhei para trás, continuei forçando o galope, levantando lama, assustando as vacas. Enquanto descíamos a margem do rio e entrávamos na água, escutei o som de latidos, gritos e o assobio de uma flecha vindo de algum lugar às minhas costas. Gritei e incitei o cavalo com os calcanhares, ansiosa.

Era um rio de águas preguiçosas, amarronzadas pelas turfas e pontilhadas por pedras grandes, com o leito lodoso e traiçoeiro. O cavalo afundou. Um chapinhar de água seguido por um latido me alertou para o cachorro e, ao me virar, vi que ele estava perto, com os dentes arreganhados, tentando morder o rabo do cavalo.

Isso provavelmente ajudou. O cavalo escoiceou. Em seguida, seus cascos pisaram em terra firme; senti o impacto e soltei um grito de felicidade enquanto corríamos pela relva em direção a um conjunto de árvores um pouco mais além, com um galope firme e agradável, a crina molhada lançando gotas de água no meu rosto como se fossem diamantes. Rebelde como sou, empertiguei-me na sela. Outra flecha passou zunindo cerca de um metro à minha esquerda, porém, a essa altura, eu estava me sentindo arrojada demais para me importar. Segundos depois, me vi cercada pelas árvores e fui obrigada a diminuir a marcha do cavalo.

Levei mais ou menos uma hora para me acalmar.

O ALARME DA ABELHA

Quando finalmente consegui, percebi que estava cansada e faminta, e com um frio repentino. A mata já não era mais tão fechada; eu me vi subindo a encosta de uma montanha de pedra calcária, alta e árida, coberta por uma camada baixa de turfa. Algumas nuvens se fechavam em torno do sol. De repente, começou a chover, uma garoa fininha. Não havia nada para comer, nem lugar algum onde me abrigar.

Ao alcançar o topo, sentei-me e fiquei observando as nuvens se acumularem. A imensidão inóspita estendia-se lá embaixo em colinas escuras e esverdeadas. Desprendi o alforje e deixei o cavalo descansar, peguei o diário e resolvi escrever. Tenho sorte por não tê-lo perdido.

Harn já deve estar longe, em algum lugar no meio desses planaltos. Estou sentada em silêncio, escrevendo, escutando o cavalo pastar. O barulho da grama sendo arrancada sobressai em meio à garoa.

10

    Flain, o Alto, construiu uma torre e a chamou de Casa das Árvores. Isso foi uma homenagem ao fato de as árvores terem cedido sua madeira de livre e espontânea vontade, sem dor. Todas as árvores da floresta ofereceram um galho, e a Casa tornou-se fragrante com os aromas de faias, teixos e carvalhos, salgueiros-brancos, castanheiras vermelhas e mognos.
    — Esta — declarou ele — será a corte dos Criadores; aqui não haverá estratagemas nem trabalho pesado.
    E as ameias foram feitas com galhos vivos, entrelaçados numa teia fechada.

Livro das Sete Luas

— O QUE SÃO aquelas coisas? – murmurou Raffi.
— Tumbas. – Galen não se virou. Olhava para a terra estranha que se estendia diante deles, a relva baixa, o caminho de pedras brancas tão nítido que eles podiam vê-lo subindo a montanha e desaparecendo no topo. Uma infinitude de céu, pensou Raffi, de um azul pálido, com a impressão de que poderia tocá-lo se esticasse o braço.
— São seguras?
Galen se virou para ele.
— Não tema os mortos. Eles não são nossos inimigos. – Com cuidado, despejou a última gota de vinho tinto no círculo de giz; o vinho foi absorvido pelo cascalho ressecado, como se o solo estivesse com sede, e o pequeno anel de pedrinhas pareceu se iluminar por alguns instantes. Ao longe, os planaltos verdes se acenderam.
Eles haviam passado um dia e uma noite na ilha, descansando. Não havia lugar mais seguro e, apesar de impaciente, o guardião sabia que eles precisavam disso. Raffi passou a maior parte do tempo pescando. O mestre comeu um pouco e se afastou, sozinho. Horas depois, Raffi o encontrou sentado na casa arruinada, imerso num

transe profundo, os dedos acariciando as contas pretas e verdes dos colares.

Inquieto, Raffi voltou para junto do fogo e comeu o que restava do peixe. Conhecia Galen quando ficava assim – tudo o que podia fazer era esperar. Dormiu um pouco e, ao acordar, ficou sentado olhando ansiosamente para a escuridão.

Por fim, na madrugada da segunda noite, o guardião se aproximou, tropeçando por cima das urtigas, se jogou no chão e dormiu. Raffi se sentou e o observou. Ele estava exausto, encharcado de suor. Enroscado debaixo do cobertor, o aprendiz se deixou levar pelas próprias preocupações. O mestre estava se matando. Enlouquecendo com a luta constante, a busca desesperada e infrutífera pelo poder perdido. Eles precisavam de ajuda! E, sem a mágica de Galen, todas as defesas que tinham contra os Vigias resumiam-se às suas próprias linhas de proteção, as quais, quanto maior a distância, ficavam cada vez mais fracas.

Esfregando a ferroada da abelha, imaginou o que mais poderia fazer. Alguém os seguira pela trilha, por aquele caminho pouco usado, tomado pela vegetação.

AGORA, NO MEIO daqueles planaltos verdejantes, Raffi foi novamente acometido pelo mesmo pensamento.

– Não gosto de viajar durante o dia.

– Nem eu, mas a mulher está certa. Aqui, a luz do dia é melhor. – O guardião carregava a mochila, os cabelos compridos amarrados com um pedaço de barbante. – Mantenha as linhas de proteção.

O ALARME DA ABELHA

— Não precisa me dizer isso!

De repente, Galen ergueu o cajado, e Raffi deu um pulo para trás, fazendo o Mestre das Relíquias soltar uma risada amargurada.

— Vamos, anda.

Eles caminharam a manhã inteira, andando rápido e em silêncio. A trilha estendia-se colina acima, bem destacada, a relva verde e bem-aparada, pontilhada por excrementos de coelho. Rebanhos de ovelhas gordas pastavam ao longe.

Ao aproximarem-se do topo da montanha, os dois se agacharam. Galen deu uma espiada para ver se havia alguém por perto. Ainda agachados, passaram pelo cume, e só endireitaram o corpo depois que se viram bem abaixo da linha do firmamento. A pedra que tinham visto do vale erguia-se ao lado da trilha branca, cintilando devido ao quartzo.

— Sekoi — observou Raffi, ao ver as espirais entalhadas.

Galen resmungou alguma coisa enquanto contornava a pedra. Tocou-a, tentando sentir sua energia, mas o aprendiz percebeu, pelo jeito como ele se virou, que a tentativa fora em vão.

— O que é isso?

Havia uma pequena flor vermelha encostada na pedra. O guardião a pegou.

— Ela não é nativa dessa região. Foi trazida para cá.

— O Sekoi do Alberic! Ele passou por aqui... não faz muito tempo. A flor ainda está fresca.

Galen concordou com um meneio de cabeça e soltou a flor no chão.

— Então espero que ele ande rápido. O que eu quero é Tasceron, não ele.

A CIDADE SOMBRIA

Era uma região descoberta, com uma vegetação que se estendia a perder de vista e um céu azul, sem nuvens. Raffi se sentia exposto andando por ali, vulnerável. Por um breve instante, conseguiu ver a si mesmo através dos olhos de um falcão que circulava bem alto no céu: uma figura pequena e empoeirada, cansada, com calor e com sede, se arrastando por aqueles planaltos esverdeados. O pássaro mergulhou e subiu em seguida. Tonto, Raffi tropeçou numa pedra, voltando a si.

Eles passaram pela área das tumbas. Algumas, enormes, destacavam-se de cada lado da trilha, formando pequenas protuberâncias na grama aveludada; outras tinham valas cavadas em volta, e uma delas tinha uma sorveira-brava plantada em cima. Galen abençoou cada uma, entoando a oração por entre os dentes, quilômetro após quilômetro. Era uma região árida, inacreditavelmente silenciosa; de vez em quando, um pássaro levantava voo, quebrando o silêncio enervante.

Raffi continuou andando. As tumbas lhe davam uma sensação de opressão, o silêncio era como um peso sobre seus ombros. Imaginou se Galen sentia a mesma coisa. Ao contrário do *cromlech*, aquelas tumbas não estavam vazias e, ao passar por uma, viu por um breve instante a câmara escura e escondida sob a relva, os ossos compridos com espirais rabiscadas.

Uma cadeia de montanhas elevava-se à frente. À esquerda havia um solitário aglomerado de árvores, as copas escuras movendo-se ao sabor da brisa. Uma colônia de corvos grasnava e batia as asas em meio às folhas.

Galen parou. Ergueu os olhos para as árvores com uma expressão séria. Em seguida, abandonou a trilha.

O ALARME DA ABELHA

— Por aqui.

Raffi se virou para ele.

— Por que por aí?

— Você vai aonde eu for. — Ele não diminuiu a marcha. O aprendiz precisou correr para alcançá-lo.

— Mas por quê?

— Porque eu estou mandando.

— Isso não é o bastante. Não é o bastante! — Subitamente zangado, Raffi o agarrou pela manga e o forçou a se virar. Galen o fitou, os olhos sombrios. O aprendiz se conteve para não recuar. Falou: — Eu preciso cuidar de nós dois. Preciso ler os sinais da melhor maneira que puder. Você não consegue. Não tem como saber se há algo errado. — Soltou a manga do guardião e acrescentou, baixinho: — Você tem que me deixar alertá-lo, Galen.

O Mestre das Relíquias não se moveu. Era verdade, mas Raffi sabia que para ele era como um soco na cara.

— Tudo bem. Qual é o problema? — rosnou ele.

— As tumbas. Elas estão observando a gente.

— E a árvore?

Ele deu de ombros.

— Ela me parece estranha.

Galen bateu no chão com o cajado. Em seguida, disse:

— Escute. Tive um sonho ontem. O único que tive em meses. Em meio a toda dor e escuridão, tive um rápido vislumbre deste lugar. Daquelas árvores ali. Só isso.

Raffi ficou quieto. Entendia a importância dos sonhos, e sabia que Galen se agarraria a qualquer coisa que pudesse ajudá-lo.

A CIDADE SOMBRIA

— Não posso ignorar o sonho, Raffi.

— Não — concordou com tristeza o menino.

Eles começaram a subida. O terreno era forrado por uma turfa flexível e salpicado por espinhosos arbustos de tojo, com suas flores amarelas. Sentindo calor, Raffi desabotoou o casaco verde-escuro pela primeira vez em dias. A encosta era íngreme; Galen tropeçou uma vez e se levantou de maneira obstinada. O aglomerado escuro de árvores erguia-se diante deles, com os corvos grasnando, alvoroçados. Qualquer pessoa num raio de quilômetros poderia escutá-los. Raffi parou para tomar fôlego e olhou para trás.

Os planaltos estendiam-se a perder de vista. Um amontoado de nuvens se formava no céu, matizado pela luz do sol — formações que iam de um branco a um cinza agourento, arrastando lentamente uma cortina de chuva por cima das terras verdes.

Raffi tornou a se virar e buscou a proteção das copas das árvores. Contudo, ao passar pelos troncos que ladeavam o caminho, percebeu que não se tratava de várias árvores, mas de uma só, extremamente antiga, com um tronco nodoso e escuro. Ela devia ter centenas de anos, talvez fosse mais antiga do que os túmulos.

Ao se aproximarem, eles viram que o tronco central era oco, com um buraco do tamanho de um aposento pequeno. Os outros troncos e raízes cresciam a partir dele; a casca era irregular, cheia de incisões. Nem seis ou sete homens de mãos dadas conseguiriam abraçar a árvore, pensou Raffi. E, ainda assim, ela estava viva. Seus pés afundaram em milhares de anos de galhos secos.

Em volta dela, praticamente ocultas pela penumbra, havia três pedras que deviam ter sido usadas em algum tipo de construção ou erigidas como um marco. Pedaços de pano pendiam dos galhos. Num deles, uma pedrinha de quartzo cintilou sob a luz do sol.

— O Sekoi.

— De novo.

Galen estava curvado sob um emaranhado de galhos. Encostou uma das mãos no tronco central.

— Esta árvore é muito antiga. Imagine os segredos que ela conhece. Se eu pudesse... — Ele parou no meio da frase. Em seguida, se sentou e fechou os olhos.

— Galen — chamou o aprendiz, ansioso. — Quanto tempo nós vamos ficar aqui? Precisamos seguir viagem! — Não houve resposta. Fazendo que não, ele também se sentou e recostou num dos troncos mais próximos.

Ao fim da tarde, Raffi continuava no mesmo lugar, observando a chuva que se aproximava. A cortina cinzenta varria os planaltos e vinha em sua direção. Ela engoliu os túmulos e, de repente, as primeiras gotas começaram a bater na densa folhagem acima de sua cabeça, mas ele não se molhou, pois o gigantesco teixo era como uma cabana, com seu tronco central oco, os outros como se fossem vigas e a copa como um telhado entrelaçado. Os corvos grasnaram e, em seguida, se aquietaram, amedrontados. Nada além do som da chuva caindo perturbava o silêncio. Ao olhar para trás, viu que Galen continuava meditando, parecendo uma sombra.

Não era possível fazer uma fogueira; eles estavam tão alto que poderiam ser vistos e, além disso, Raffi sentia que a árvore não gostaria. Sentado ali, recostado contra o tronco, notou as reentrâncias, veias e saliências. Seus dedos se enterraram no grosso tapete de galhos secos, folhas e larvas que forrava o solo, liberando um cheiro acre de decomposição. Nada crescia ali. Era escuro demais, mas ele podia sentir as raízes que se espalhavam por baixo da terra, abrindo-se em direção às tumbas mais próximas, enterrando-se cada vez mais no solo calcário; sentia os lençóis de água, as rachaduras e fissuras na rocha, a estranha magia que se movia por aquela região. As tumbas tinham sido erguidas em volta de tudo aquilo; podia ver isso agora. Os Sekoi tinham colocado seus mortos ali para ajudarem a árvore na vigilância.

De repente, escutou a voz da árvore no fundo de sua mente:

— *Raffi, levante-se e venha aqui.*

O aprendiz se virou, achando que tinha entendido mal, porém Galen estava em pé, olhando para ele, e, embora o rosto do guardião estivesse oculto pela penumbra, alguma coisa nele fez Raffi sentir um calafrio de medo.

— O que foi que você disse?

— Eu não disse nada — respondeu o Mestre das Relíquias, fitando-o através da escuridão. Sua voz soou cansada, sem entonação.

— Achei… que você tivesse dito "Levante e venha aqui".

Galen se enrijeceu. Em seguida, ajoelhando no macio carpete de folhas, agarrou Raffi pelo capuz e o puxou para perto.

— Ela falou com você!

— Eu não… não tenho certeza.

O guardião suspirou. Virou-se para a abertura no tronco central.

— Sente-se ali — mandou por entre os dentes, empurrando Raffi na direção do buraco.

— *Não tenha medo de mim* — disse a árvore. Sua voz parecia antiga, com a textura do vento e da chuva batendo na pedra, o martelar do bico de um pica-pau na madeira.

O ALARME DA ABELHA

— Ela me disse para não ter medo.

— Medo! — O guardião tirou os colares, arrebentou o cordão e arrumou as pedrinhas rapidamente em padrões que Raffi não conhecia. Ao erguer os olhos, sua expressão parecia ao mesmo tempo penetrante, ansiosa e desesperada. — Peça para o homem da árvore se aproximar, para se mostrar. Diga que eu não consigo ver nem escutar. Faça com que ele apareça!

Raffi não sabia direito como proceder. Recorrendo ao treinamento, limpou a mente e abriu o terceiro olho. *Por favor, apareça*, pediu repetidas vezes. Sabia que ele estava perto, podia escutá-lo.

Galen agachou-se ao seu lado e apertou seu ombro com força. Ao olhar novamente, Raffi viu as gotas de chuva que pingavam dos galhos refletidas no tronco. O teixo era enorme; uma das beiradas da abertura parecia retorcida num ângulo estranho, porém, ao olhar com mais atenção, viu que estava enganado, que, na verdade, era um homem, um velho envolto em trapos disformes castanho-avermelhados, com olhos fundos como os nós da madeira, virando-se na direção dele.

O guardião o sacudiu.

— Ele apareceu?

Em silêncio, Raffi fez que sim.

O homem-teixo sorriu para ele e também fez que sim.

— *Estou aqui, guardião.*

— Ele não consegue escutá-lo — murmurou Raffi, com a garganta seca.

— *Por que não?*

— Aconteceu um acidente e ele se machucou.

Erguendo rapidamente os olhos, Raffi percebeu o entusiasmo de Galen.

A CIDADE SOMBRIA

— Continue! Pergunte a ele! Pergunte se ele pode me ajudar!

— Aconteceu um acidente — repetiu o aprendiz, tropeçando nas palavras. — O guardião perdeu... ele não consegue mais se conectar com a terra, nem escutar o que ela diz. — Sentia-se fascinado pelos olhos do homem-teixo, e constrangido por Galen ter que escutar aquilo.

O homem-teixo também parecia fascinado. Ele se virou para Galen e, afastando o manto com que se encobria, deixou à mostra duas mãos nodosas agarradas a uma raiz.

— *Deve ser um grande tormento. Não há perda maior do que essa.*

— É verdade... — Raffi imaginou se Galen conseguia escutar. — Você pode ajudá-lo? O teixo é uma árvore que envenena e cura. Não tem um jeito de você...?

— *Não.* — O velho fez que não. — *Somente os Criadores podem devolver o que eles tomaram.*

— Mas os Criadores se foram.

Atormentado pela impaciência, Galen bufou.

— O que ele disse sobre os Criadores?

Raffi, porém, fez sinal para que o guardião continuasse quieto.

— *Sim, eles se foram.* — O velho suspirou. — *Eu me lembro de quando eles estavam aqui.*

— Você se lembra?!

— *Eu sou velho, criança, mais velho do que qualquer outra coisa neste planeta. Protejo os ossos dos reis-gato, mas já estava aqui muito antes deles. Vi quando os Criadores chegaram, ainda jovens, e caminharam pelo nosso mundo. Tamar, Therris e Flain. Até mesmo Kest, cujo sofrimento afetou todos nós. Eles poderiam ter ajudado seu mestre.*

O ALARME DA ABELHA

— Mas... — Raffi foi ficando cada vez mais tonto. Sacudiu a cabeça, aturdido.

— Não o deixe ir embora! — Galen falou com irritação. — Não o deixe ir embora!

— Os Criadores se foram. Não temos como falar com eles. O único mensageiro era o Corvo.

— *O Corvo ainda está aqui* — respondeu o homem-teixo, com calma.

— Aqui!

— *Neste mundo. Neste corpo. O Corvo continua vivo, pois sem ele o mundo morreria.* — A voz se tornou arrastada, um balbuciar rouco, mas, em seguida, voltou a ficar clara. — *As rochas e as árvores sentem falta dos guardiões. Os outros homens não falam conosco. Não sabemos como falar com eles.*

O homem-árvore começou a se dissolver diante dele.

— Não o deixe ir embora! — murmurou Galen.

Suado e tonto, Raffi segurou o velho.

— Onde podemos encontrar o Corvo?

— *Em Tasceron. Em você. No seu mestre, se ele soubesse como.*

— Mas onde?

A resposta saiu rouca e indistinta; o som distorcido, como se viesse das profundezas da terra, passando por túneis e veios. Raffi se apoiou numa saliência da madeira. Sentia-se enjoado, com vontade de vomitar.

— Não o deixe ir embora! — gritou Galen.

— Não consigo! Ele se foi! Ele se foi!

Suando, o aprendiz afastou-se engatinhando da árvore. Despencou sobre a relva, enjoado, tremendo incontrolavelmente, a cabeça martelando com os pontinhos de luz que espocavam diante de seus olhos. Passado um tempo, percebeu que Galen o segurava. Os dois estavam encharcados pela chuva.

— Sinto muito.

— Você deu o melhor de si.

O guardião o colocou recostado contra a árvore, pegou a mochila e tirou os cobertores.

— Enrole-se neles. Você está em choque. A gente devia acender um fogo.

— Não é seguro.

— O que foi que ele disse, Raffi? — Galen o segurou pelos braços, como se não aguentasse mais o suspense. — Ele pode me curar?

Raffi fez que não. Desviou os olhos do rosto do guardião.

— Ele falou que se lembrava dos Criadores. Disse... que só eles podem devolver o que tomaram. E disse também que o Corvo está em Tasceron. E em nós, se soubéssemos como alcançá-lo.

— Em nós? — De repente, Galen parou.

Raffi foi acometido por outra onda de náusea.

— Que foi? — perguntou num gemido.

O guardião havia se levantado. Olhava em direção à base da montanha, perscrutando a escuridão, e algo em seu rosto fez Raffi acionar as linhas de proteção.

Elas estavam em frangalhos.

Ele se levantou com dificuldade, afastando os cobertores.

— Aproxime-se — mandou Galen, sério. — Venha nos ver de perto.

Havia uma silhueta escura um pouco abaixo deles, agachada em meio à turfa.

O ALARME DA ABELHA

— Aproxime-se! — A voz de Galen soou ameaçadora.

A figura se levantou, pequena e indistinta. Nesse momento, a pequena lua, Pyra, despontou no céu. A luz que dela irradiava, quente e avermelhada, incidiu sobre a garota.

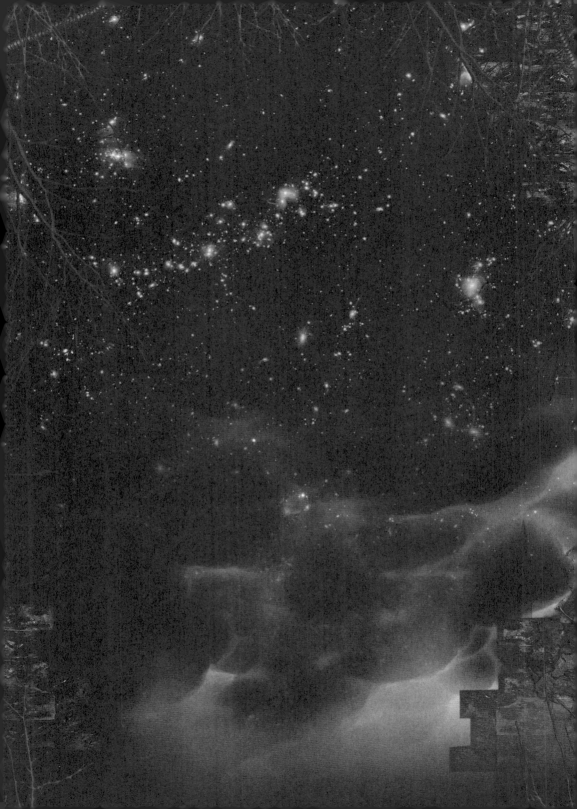

OS VIGIAS, SEMPRE ALERTAS

11

Se você acreditar, estará perdido. Qualquer coisa que veja ou escute poderá se voltar contra você. Os membros da Ordem são mestres no engodo.

Mandamento dos Vigias

ELA SE APROXIMOU um pouco e parou.

— Ele está bem?

Galen olhou para Raffi.

— Tem alguém mais com ela?

Ainda atordoado, o aprendiz tentou verificar.

— Só um cavalo, em algum lugar.

A garota o fitou, surpresa.

— Você consegue escutá-lo?

Ele deu de ombros, incomodado.

Ela era pequena. Usava um par de calças acompanhado por um colete azul-marinho e cinza, os cabelos castanhos e brilhantes cortados rente ao maxilar. Parecia inacreditavelmente despreocupada.

Como ninguém disse nada, ela continuou:

— Meu nome é Carys. Carys Arrin. Estou seguindo para o oeste. Tem certeza de que está bem?

Raffi ficou surpreso. Fazia muito tempo que ninguém lhe perguntava isso.

— Estou — respondeu, fraco.

A CIDADE SOMBRIA

— Por que você estava nos observando? — A voz de Galen soou fria. Raffi sentiu a tensão por trás das palavras. Foi acometido por outra onda de enjoo, e se sentou num gesto súbito.

— Ele está doente — comentou a garota, num tom acusatório.

Irritado, Galen baixou os olhos. Ajudou Raffi a se levantar e, em seguida, se virou, o rosto pontudo destacado contra o luar chuvoso.

— Venha para debaixo da árvore. Podemos conversar.

Sem esperar para ver se ela os seguiria, conduziu Raffi e o colocou sentado contra o tronco oco; em seguida, jogou os cobertores em cima dele. O contato com a árvore fez Raffi se sentir melhor, como se a força e o espírito da madeira lhe transmitissem alguma coisa. A cabeça desanuviou e ele ergueu os olhos.

A garota parou, hesitante, sob o entrelaçado de galhos. O aprendiz só percebeu a balestra quando ela se agachou. A arma estava pendurada nas costas da menina, e carregada, notou Raffi ao ver a flecha. Ela a colocou no chão empoeirado, mas a manteve ao alcance da mão.

— Eu não estava observando vocês. Pelo menos, não a princípio. — Olhou com curiosidade para o gigantesco tronco do teixo. — Vi as árvores e vim até aqui ver se conseguia arrumar um abrigo. A chuva está aumentando.

Galen não disse nada. Continuava em pé, com a cabeça curvada sob o telhado baixo de galhos.

— Aí escutei vocês conversando. — Deu de ombros. — Resolvi me esconder. Queria ver quem vocês eram. Preciso tomar cuidado, estou viajando sozinha. — Os dedos bateram de leve na balestra.

— Precisa mesmo — concordou o guardião. Ele se sentou. — Nós também.

OS VIGIAS, SEMPRE ALERTAS

Carys o fitou com olhos astutos.

— Não sou uma ameaça. Acho que sei quem vocês são. — Como nenhum dos dois se mexeu nem disse nada, ela deu de ombros novamente. — Certo, vou ficar quieta. Só que ninguém conseguiria... Estava muito escuro aqui, mas tenho certeza de que o escutei... — Olhou de relance para Raffi e sacudiu a cabeça, como se não conseguisse pronunciar as palavras.

— A árvore falou com ele. — A voz de Galen soou dura. — É tão difícil dizer isso?

— Para alguns, sim. — Ela abriu um meio sorriso.

Após um momento, ele perguntou:

— Por que você está viajando sozinha?

— Eu estava com dois amigos, mas eles decidiram voltar depois que paramos na última vila. Escutaram histórias sobre os planaltos e as tumbas dos Sekoi, e isso os deixou assustados. — Carys baixou os olhos para os pés, furiosa. — Tivemos uma discussão terrível e eu decidi partir. Disse que continuaria sozinha. Aí começou a chover. Eles talvez estejam procurando por mim, mas duvido. Aqueles dois são tão corajosos quanto um par de camundongos. — Ergueu rapidamente os olhos. — Vocês não teriam algo para comer, teriam?

A esperança de Raffi caiu por terra. Galen fez que não com a cabeça.

— Não. Para onde você está indo com tanta determinação?

Carys ficou em silêncio por alguns instantes, como se o estudasse.

— Estou procurando o meu pai. — Sua voz caiu para um sussurro. — Os Vigias o levaram.

Raffi se empertigou.

— Os Vigias! Por quê?

A CIDADE SOMBRIA

— Ah, você fala, é? — Por um momento, um sorriso iluminou o rosto de Carys, mas ela se virou e foi novamente encoberta pelas sombras. — Não sei a resposta para essa pergunta. Eu não estava lá. Quando retornei à vila onde nós vivíamos, ele havia sumido. Os Vigias tinham aparecido à noite... seis deles, todos armados e montados em cavalos negros. Tinham arrombado a porta da nossa casa, arrastado e levado meu pai. Foi tão repentino... — Ela falava com calma. A chuva lá fora aumentou ainda mais; algumas gotas caíram no ombro de Raffi. — Escutei um boato, depois, de que um homem e uma mulher... viajantes... tinham aparecido na nossa casa dois dias antes. Meu pai ofereceu-lhes um quarto para passarem a noite. Eles pagaram pela hospedagem. Isso não deveria ser um problema. Contudo, se eles fossem guardiões...

Ela fez uma pausa. Raffi sabia que os Vigias não teriam hesitado.

Carys ergueu os olhos.

— Eles vieram para o oeste, mas perdi o rastro. Você deve saber, guardião. Para onde eles o levariam?

Raffi pensou um pouco. Mas Galen respondeu de modo frio:

— Eles querem informações. Vão arrancar o que quiserem dele e depois o matarão. Você está perdendo seu tempo.

Ela sacudiu a cabeça com teimosia.

— Não vou desistir! Para onde?

Debaixo da árvore estava tão escuro que eles só conseguiam ver as silhuetas uns dos outros. A voz de Galen soou estranha.

— Não sei. Talvez para Tasceron.

— Tasceron! Essa cidade ainda existe?

— Existe.

OS VIGIAS, SEMPRE ALERTAS

A chuva começou a diminuir. Um gotejar moroso quebrava o silêncio, mas, ainda assim, aqui e ali algumas gotas conseguiam atravessar a copa densa e escorriam pelos galhos de forma constante e implacável, trazendo consigo o cheiro de terra molhada que se elevava em meio à quietude pós-tempestade.

Carys olhou para ele com curiosidade.

– É para lá que vocês estão indo?

Galen soltou uma risada cruel.

– Nós?! Esse é o último lugar a que gostaríamos de ir.

A garota ficou em silêncio por alguns instantes. E, então, disse:

– Eu posso ir com vocês? Não gosto de viajar sozinha. Não por essas regiões.

O Mestre das Relíquias observou a escuridão por um longo tempo. Por fim, falou:

– Até alcançarmos uma vila ou algum outro lugar onde você possa ficar em segurança. Mas não temos cavalos. Estamos a pé.

– Eu posso andar. – Carys se ajoelhou ansiosamente sobre o carpete de folhas mortas. – Obrigada. Agora não preciso mais disso. – Ergueu a balestra.

– Talvez – retrucou Galen, sério. – Talvez não sejamos tão confiáveis quanto você pensa.

– Eu acho que são. – Ela se levantou. – Vou pegar meu cavalo. – Virando-se, disse: – Vocês não me disseram seus nomes.

O guardião fixou os olhos na escuridão.

– Eu sou Galen Harn – respondeu, baixinho. – E este é Raffael Morel.

Ao vê-la se afastar, virou-se para Raffi.

– E então?

A CIDADE SOMBRIA

O aprendiz apertou os cobertores de encontro ao corpo. Sentia-se melhor agora, mas estava cansado.

— Ela me parece legal. E está sozinha. Não vai representar nenhuma ameaça.

— Mas você acha que ela contou a verdade?

— Não sei! — Sua garganta estava seca; sugou algumas gotas de chuva das pontas dos dedos. — Não sei dizer.

Galen ficou em silêncio por alguns instantes.

— Eu costumava saber quando as pessoas estavam mentindo.

Raffi se encolheu. O guardião virou-se para ele assim que os arreios do cavalo tilintaram na escuridão.

— Mais uma coisa. Ela não pode saber o que aconteceu comigo. Entendeu? Ela não pode saber!

Raffi concordou com um triste meneio de cabeça.

Diário de Carys Arrin
Dia de Agramons, à noite.
9/16/546

O garoto está dormindo. Harn entrou em alguma espécie de transe; ele se balança e murmura orações na total escuridão. Estou me arriscando, mas este livro é pequeno e fácil de esconder. Talvez essa seja, por um tempo, a minha última chance de escrever.

Em primeiro lugar, a árvore. Eu estava deitada em meio à relva alta — estava escuro, mas tive a impressão de que o garoto falava com a árvore e ela respondia. Não escutei nenhuma palavra, mas senti uma espécie

OS VIGIAS, SEMPRE ALERTAS

de... formigamento. Sei que isso é uma heresia e que não pode ser real. Mas por que criar uma ilusão se eles não sabiam que eu estava ali? Além disso, o garoto acredita.

Ouvi uma coisa que me deixou intrigada. O menino falou que o Corvo está em Tasceron. Lembrei-me das histórias que escutei sobre o Corvo durante meu treinamento, mas sempre achei que ele fosse uma figura mítica, um pássaro falante. A balestra estava carregada e eu tinha as costas do guardião na mira — mas essas palavras me fizeram mudar de ideia. Afinal de contas, as ordens são: vivos ou mortos. E eles sabem alguma coisa sobre esse Corvo. Talvez seja o nome de alguém real, de um membro importante da Ordem, tal como um arquiguardião. Uma espécie de apelido. Achei que valia o risco tentar descobrir.

Assim sendo, deixei que me vissem. Harn é desconfiado e me fez um monte de perguntas. Contei a eles uma história que os fizessem me ver como aliada, dei a impressão de que somos todos inimigos dos Vigias. Fiquei surpresa com a facilidade com que os enganei. O garoto parecia doente. Os dois parecem meio famintos.

(Lembrar de falar com Jellie — as defesas psíquicas mencionadas nos registros não existem. Tenho certeza de que eles não sabiam que eu estava ali.)

Vou tentar ficar com eles o maior tempo possível — até chegarmos a Tasceron, pois é para lá que eles estão indo, tenho certeza. Sei que a cidade é gigantesca, mas

A CIDADE SOMBRIA

quero estar junto se eles encontrarem esse tal Corvo. Capturar Harn e o garoto já seria ótimo, mas alguém ainda mais importante, alguém que nos daria uma chance real de descobrir os segredos da Ordem — isso deixaria o velho Jeltok estarrecido. Ele sempre disse que eu não seria uma boa agente de campo.

Estou com fome, e recomeçou a chover. A pé teremos que prosseguir mais devagar. Mas eles não vão se livrar de mim agora.

12

Tamar chamou os Sekoi e disse:
— Trouxemos vida para este mundo, novas árvores, novos animais. Que presente podemos lhes dar, povo alto?
Os Sekoi conversaram entre si. E, então, disseram:
— Não queremos nada. Vocês não são nossos Criadores. Estávamos aqui antes de vocês chegarem. E continuaremos aqui depois que partirem.
Tamar ficou zangado com os Sekoi e os mandou embora.

Livro das Sete Luas

ELES VAGARAM DOIS dias pelos planaltos infindáveis. Sobreviveram à base de água, de mirtilo e dos pedaços de peixe seco que traziam na mochila. Raffi e Carys se revezaram sobre o cavalo, para grande alegria do aprendiz. Galen recusou-se terminantemente, e prosseguiu mancando.

Carys falou o caminho todo. Contou sobre a vila onde vivia, a escola que havia lá, a casa arruinada de um antigo vizinho guardião, e sobre seu pai, um homem pequeno e perspicaz, com cabelos ruivos. Raffi, porém, notou que, se fizesse muitas perguntas, ela acabava recaindo no silêncio. Devia estar preocupadíssima, pensou, sentindo uma pontada de culpa.

As tumbas dos Sekoi ainda o incomodavam. Elas pareciam observá-los e eram assustadoras à noite. Galen ficou calado a maior parte do tempo. Depois da noite sob o teixo, ele os incitara a prosseguir. Raffi sabia que a promessa de Tasceron o atormentava, a possibilidade de cura representada pelo Corvo. Galen os impelia o dia inteiro, até estarem todos exaustos, e, mesmo à noite, se Raffi acordasse, via o guardião sentado sob o luar, folheando o Livro, escutando o lamento dos rapineiros acima de sua cabeça.

— Qual é o problema dele? — perguntou Carys num sussurro.

Apreensivo, Raffi fez que não com a cabeça.

— Nenhum. Fale baixo, ele pode te escutar.

— E daí? Você parece ter medo dele.

O aprendiz deu de ombros.

— Não. É só que... a gente passou por muita coisa.

— Ele não te trata muito bem — comentou ela de forma maliciosa.

— Ele não trata bem nem a si mesmo.

— Isso não é desculpa.

Carys tinha muito a dizer, e falou sem rodeios. Ela o fez rir, algo que ele não fazia havia tempos. Raffi percebeu quanto sentia falta de uma companhia da sua idade — em casa eram ele e mais sete. Embora a princípio tivesse sentido muita saudade da família, acostumara-se com o jeito soturno de Galen. Ou, pelo menos, achava que tinha se acostumado.

— Como foi que você se tornou um aprendiz? — perguntou Carys, enquanto desciam, meio que deslizando, uma encosta coberta por uma vegetação escorregadia, puxando o cavalo pela rédea. Galen seguia na frente, bem abaixo deles. Raffi fez uma careta.

— Eu vivia na fazenda da minha mãe. Éramos oito ao todo.

— E seu pai?

— Ele morreu. Galen apareceu certa noite, há mais ou menos uns quatro anos. Ao dizer isso, o sol despontou em meio às nuvens, e Raffi teve uma rápida visão da mãe virando de costas para a porta, os olhos arregalados de surpresa, e a sombra esquelética do homem

OS VIGIAS, SEMPRE ALERTAS

atrás dela. — Ele ficou três dias. Eu me lembro do jeito que Galen nos observava, todos nós. Isso nos deixou um pouco assustados.

Carys deu uma risadinha.

— Não me surpreende.

— Não... E, aí, ele me escolheu. Não explicou por quê. Apenas me pegou pelo braço um dia, me obrigou a sentar e a falar com ele. Perguntou a respeito dos meus sonhos. Olhou dentro da minha mente e viu a teia do meu espírito.

Carys tropeçou num tufo de grama. Afastou os cabelos dos olhos.

— Ele pode fazer isso? — perguntou, num tom de voz tenso.

— Pode. Pelo menos... bem, às vezes. — Raffi ergueu os olhos para a nuvem amarelada que encobria o sol. — Ele me perguntou se eu gostaria de acompanhá-lo.

Ela o fitou de esguelha.

— Só isso? Nenhum salário?

— Salário? Os guardiões não têm dinheiro. Minha mãe se sentiu honrada, e acredito que um pouco aliviada também. É difícil alimentar oito bocas. Quanto a mim... — Deu de ombros. — Eu sabia que seria perigoso, mas achava excitante. E queria aprender. A Litania, as teias mentais, a abertura e o fechamento, todos os ritos e todos os ramos do poder. Eu queria isso. Ainda quero. Não cheguei nem à metade. Eles tinham tanto conhecimento, Carys, os guardiões! Antes de os Vigias destruírem tudo.

Ela ficou em silêncio, mas concordou com um meneio de cabeça.

— Os Vigias nos caçam sem tréguas. Há algum tempo, tive a sensação de que eles estavam nos seguindo. Ela se diluiu agora...

— Raffi!

A CIDADE SOMBRIA

O grito de Galen denotava urgência. Ele estava parado feito uma pedra, olhando para o céu.

Raffi correu até o guardião.

— Que foi?

— Lá!

O céu diante deles estava sendo encoberto por uma neblina amarela sibilante. Ela parecia ondular e espiralar, como se um enxame de insetos gigantes estivesse vindo na direção deles, impulsionado pelo vento cada vez mais forte.

— Sementes de fogo! — Carys ofegou ao lado dele.

Galen fez que sim.

— Você já viu isso antes?

— Já ouvi falar.

Raffi também, e a visão o deixou apavorado.

Conhecera um homem que havia sobrevivido a uma tempestade de sementes de fogo, o rosto todo queimado, com cicatrizes horríveis. A maioria não tinha tanta sorte. No começo do outono, quando o tempo começava a esfriar, as vagens de fogo explodiam, lançando no ar, às vezes por dias, gigantescas e venenosas nuvens de sementes ovaladas e pontudas, que ao baixar davam origem àquelas plantas avermelhadas e sem graça que todos conheciam. As plantas em si não eram perigosas, porém as sementes queimavam o que quer que tocassem, sendo capazes de corroer até mesmo o couro e as roupas. Obra de Kest. Assim como todas as outras coisas nocivas.

Galen olhou rapidamente em torno. Não havia lugar onde eles pudessem se esconder. Apenas alguns poucos túmulos Sekoi cobertos de turfa.

OS VIGIAS, SEMPRE ALERTAS

A nuvem amarela tornou-se ainda mais densa.

— Corram! — gritou Galen, virando-se. — Monte em seu cavalo, garota. Fuja daqui!

Ele começou a subir a encosta. Raffi seguiu correndo atrás, agarrando punhados de grama para não escorregar. Carys galopava à frente; ela alcançou o topo da montanha e olhou em volta, desesperada, o cavalo relinchando, em pânico.

— Nada! Nenhum abrigo num raio de quilômetros!

Galen ajudou Raffi a terminar de subir.

— A tumba mais próxima! Entrem nela!

Apesar da nuvem crepitante que começava a baixar sobre eles, Carys parou. O cavalo girou no próprio eixo, aterrorizado. Ela sentiu uma vontade repentina de sair galopando na frente da tempestade, de se afastar, de abandoná-los. Mas era tarde demais. Com uma careta, incitou o cavalo na direção da tumba.

Raffi já estava quase lá. Galen o seguia, mancando logo atrás. Carys disparou ao encontro deles, enquanto a tempestade turbilhonava acima de sua cabeça; a massa amarela de sementes que viu ao erguer os olhos a deixou sem ar, uma cortina farfalhante com bilhões delas. De repente, sentiu uma fisgada no rosto; soltou um grito, esfregou o ponto atingido e baixou a cabeça, emparelhando-a com o pescoço do cavalo.

O céu em volta deles parecia estalar. Ela passou por Galen e desmontou num salto. A tumba era um monte enorme de verde destacado contra a tempestade.

— Como fazemos para entrar? — berrou Carys.

As sementes passavam voando em volta deles, e algumas caíram sobre o capuz de Galen. Ele remexeu a beirada da tumba, afastando as fileiras de pedras que selavam a entrada. Carys e Raffi ajudaram;

houve um pequeno deslizamento e algumas pedrinhas se soltaram, caindo numa pilha poeirenta.

Uma fenda escura no formato de um olho se abriu no meio da tumba. Raffi desapareceu buraco adentro, arrastando a mochila consigo.

— Sua vez! — gritou Galen.

Algumas sementes caíram sobre os ombros de Carys, que pulou e se sacudiu para se livrar delas.

— Meu cavalo!

— Não podemos salvá-lo! Entre!

Ela sentiu uma fisgada de dor no rosto. Desesperada, lutou para manter o cavalo ensandecido quieto enquanto arrancava o pequeno alforje preso à sela. Em seguida, rastejou para dentro do diminuto buraco negro como uma minhoca, sentindo as alfinetadas das sementes que batiam em suas pernas. Um par de mãos a puxou para dentro — a cabeça e os ombros de Galen apareceram em seguida. Assim que entrou, ele começou a empilhar pedras para fechar a abertura, mas Carys ainda conseguiu ter um rápido vislumbre do ar saturado de resíduos venenosos. A última pedra bloqueou a fenda.

— Coitado do meu cavalo — murmurou no escuro.

— Não podemos ajudá-lo. — A voz de Galen soou sem entonação e ecoou ao redor deles. Raffi percebeu que sua pele estava ardendo, esfregou a testa e, ao sentir as pontas dos dedos queimarem, soltou um gemido de dor.

— Não toque — disse Galen. Eles escutaram um barulho de pedras sendo riscadas e, em seguida, uma pequena chama amarela apareceu. O rosto e as mãos do guardião se acenderam; ele prendeu a vela numa rachadura e pegou a mochila.

OS VIGIAS, SEMPRE ALERTAS

Raffi correu os olhos em volta, apreensivo. Percebeu que a câmara era pequena e baixa demais para ficar em pé. O teto acima deles era de pedra. Em algum lugar às suas costas, sentiu uma pequena passagem escondida. Focou a mente nela. Havia outras câmaras mais embaixo, de ambos os lados da tumba. Viu os resquícios de ossos misturados à terra. A última, bem no final, continha algo mais.

Com cuidado, buscou sentir o que poderia ser. Alguma coisa muito antiga.

Galen pegou a caixa de unguentos e se virou para Raffi.

— Estamos sozinhos?

— Acho que não.

Anuindo com um menear de cabeça, ele jogou um pequeno pote de cerâmica para Carys.

— Então precisamos ser rápidos. Use isso.

Ela tirou a tampa e mergulhou um dedo; a pasta era fria e dura ao toque, com um aroma rico. Ao esfregá-la nas mãos e no rosto chamuscado, sentiu a pele queimada esfriar, e o alívio foi maravilhoso.

— Que negócio é esse?

— Não pergunte. — Galen passou o unguento nas próprias mãos. — Anda logo, Raffi. Temos coisas a fazer.

Quando todos terminaram de esfregar o unguento, ele abriu um espaço, acendeu sete velas e as arrumou rapidamente num círculo. Carys não se sentia muito à vontade. A nova iluminação revelou, atrás dela, uma passagem estreita que parecia penetrar ainda mais na tumba. Embora dissesse a si mesma que era tolice, a sensação de que havia algo mais lá embaixo a deixou toda arrepiada.

— Raffi... — murmurou.

— Nós sabemos. — Ergueu os olhos. — Nós sabemos o que fazer.

Ele havia despejado um pouco de água num pratinho de prata e estava pegando uma sacola de couro vermelha, cheia de objetos. Apesar da preocupação, Carys ficou subitamente animada. Aqueles objetos eram relíquias.

— Qual deles? — Raffi estava com a mão dentro da sacola.

Galen pensou por alguns instantes.

— O bracelete.

O aprendiz o pegou. Era feito de couro preto e macio, com um diminuto fecho. No meio havia uma placa estranha e achatada de ouro, sem nenhuma pedrinha incrustada, mas com um visor acinzentado. Pequeninos botões decoravam as laterais.

Carys se aproximou.

Raffi olhou de relance para ela.

— Veja isso. — Com a unha do polegar, pressionou um dos botões com força. Ela olhou, impressionada. Por um segundo, alguns números piscaram no visor.

— O que é isso?

— Quem sabe? Está quase morto agora. — De forma reverente, ele o colocou entre as velas.

Galen tirou um dos colares de cristais verdes e pretos e fez um círculo em volta da relíquia. Em seguida, ele e Raffi começaram a entoar uma oração.

Ela reconheceu algumas palavras, só isso. Estavam usando a língua dos Criadores, há muito esquecida, exceto pelos membros da Ordem. O cântico a acalmou, a fez se sentir estranhamente serena. Ali, na escuridão da tumba, parecia importante, embora provavelmente tivesse rido se o escutasse lá fora. Contudo, alguma coisa vivia naquele lugar, e ela sentiu a força da oração, sua proteção,

OS VIGIAS, SEMPRE ALERTAS

aquecendo-a, tranquilizando-a. Eles a farão acreditar nessa baboseira toda, disse a si mesma. Manteve uma das mãos sobre a balestra, feliz por ela estar carregada.

O silêncio que se seguiu às últimas palavras foi pesado. Galen pegou o pratinho de prata e despejou a água sobre o solo.

— Viemos lhe trazer um presente, guardião — declarou. — Não estamos aqui para perturbá-lo. Respeitamos as linhas sagradas.

Raffi podia sentir as linhas de proteção. Elas se espalhavam em todas as direções: uma para o norte, duas para o oeste, e mais outra, muito antiga e já meio apagada, em direção ao sudoeste. Invisíveis, subterrâneas. Enquanto Galen cavava um buraco no chão e enterrava a relíquia, Raffi sentiu um pulsar nas linhas, um leve estalar de poder.

O Sekoi aceitara o presente.

Isso pareceu resolver a situação. Carys se recostou contra a parede, quase impressionada. O ritual dissipara a sensação de ameaça que vinha da câmara escura às suas costas. Ou será que havia imaginado aquilo tudo? Sacudindo a cabeça para afastar esses pensamentos, olhou de relance para o alforje. O diário que trazia dentro dele e a balestra, isso era tudo o que lhe sobrara. De agora em diante, precisava manter o disfarce.

Eles não ousaram explorar a tumba, ficaram onde estavam. Beberam água, comeram o que restava do peixe e talvez tenham dormido um pouco. Raffi não tinha certeza. A escuridão os deixava confusos; a impressão era de que estavam muito, muito abaixo da superfície. O tempo parecia ter se congelado. Não havia como saber se a tempestade já passara. Talvez tivesse terminado há horas. Ainda assim, nenhum deles se mexeu.

A CIDADE SOMBRIA

Deitado ali, Raffi teve a impressão de que conseguia ver arranhões e entalhes nas pedras do teto, espirais que giravam se ficasse olhando para elas. Desviou os olhos, incomodado, e, ao olhar de volta, não viu mais nada.

Galen estava sentado, abraçando os joelhos e com a cabeça apoiada nos braços. Carys continuava em silêncio, como se a tumba engolisse suas palavras antes que conseguisse pronunciá-las. Raffi reuniu forças. Com grande esforço, disse:

— Talvez seja seguro sair agora.

Imediatamente, todos sentiram que se haviam passado horas sem que percebessem. Galen levantou a cabeça, parecendo cansado sob a luz das velas.

— O que estamos fazendo?! Veja como está lá fora!

Raffi afastou as pedras. Uma leve brisa penetrou a tumba; a luz que vinha de fora era fraca. Final de tarde, pensou Carys, esfregando o rosto. A cabeça e os ombros do aprendiz bloquearam o buraco. Ele voltou para dentro e informou:

— A tempestade parou. Mas o solo está coberto de sementes.

Um a um, eles se arrastaram para fora. A tumba erguia-se em meio a um mar amarelo: as sementes espalhavam-se como um tapete por todos os lados, até onde seus olhos conseguiam enxergar. Aqui e ali havia pequenas clareiras de relva intocada ou pouco atingida, porém em outros lugares o tapete parecia quase totalmente fechado.

— Podemos passar por isso? — Carys perguntou num sussurro.

— Temos que passar. — Galen pendurou a mochila no ombro e pegou o cajado. — Sigam-me.

Enquanto tapava às pressas o buraco aberto na tumba, Raffi deu uma última olhada lá dentro. Por um segundo, teve a sensação

OS VIGIAS, SEMPRE ALERTAS

de que alguma coisa o observava da escuridão. Colocou a última pedra sobre a abertura e deu um pulo para trás.

Galen seguiu na frente, escolhendo com cuidado onde pisar. Precisavam rumar para o oeste o mais rápido possível, pois não tinham como saber por quantos quilômetros o tapete de sementes se estendia, e ter que prosseguir por aquele terreno numa noite de apenas duas luas ia ser um desastre. Contudo, evitar os lugares com maior concentração de sementes significava que eles precisavam se desviar da rota, prestando atenção ao pisar na relva chamuscada. De perto, Raffi viu que as sementes eram bolas de espinhos do tamanho de um punho fechado. Elas rolavam com a brisa e, de vez em quando, algumas eram levantadas por uma rajada mais forte, fazendo com que os três parassem para observá-las, apreensivos. O progresso era lento e traiçoeiro; eles sabiam que o ácido corroía o couro de suas botas a cada passo.

Estavam caminhando havia duas horas quando alcançaram, exaustos, o topo da montanha e viram o sol se pondo no horizonte. Alguma coisa fez Raffi levantar a cabeça como se fosse uma raposa.

— Galen! — chamou.

Tarde demais. Um pouco abaixo, fitando-os com surpresa, estavam três homens, dois a cavalo e um a pé.

Eles estavam armados, e seus cavalos eram pintados de vermelho escuro e preto. Vigias.

13

Mesmo através da escuridão, mesmo através da devastação, mesmo através do vazio, as almas falarão umas com as outras.

Poemas de Anjar Kar

CARYS FICOU IMÓVEL. Decidiu não fazer nem dizer nada. Em primeiro lugar, queria saber como Galen lidaria com a situação, se os guardiões realmente possuíam as armas mentais sobre as quais falavam as lendas. Além disso, se escapassem, precisava permanecer com eles.

Um dos Vigias os intimou a descer. Ela ficou surpresa ao ver Galen soltar uma risada amarga. Raffi parecia aterrorizado.

O Vigia gritou novamente.

Galen ergueu uma das mãos e anuiu com um meneio de cabeça.

— Atrás das árvores existe um vilarejo — murmurou, olhando de relance para a fumaça. — Se eles perguntarem, viemos de lá.

Enquanto descia, pisando com cuidado entre as sementes espalhadas, olhou de esguelha para Carys.

— Se eles descobrirem quem somos, conte a verdade. Você nos conheceu há dois dias. Não fazia ideia de que éramos guardiões.

Ela deu uma risadinha e prendeu os cabelos atrás da orelha.

— Não se preocupe comigo. Sou uma ótima mentirosa.

A CIDADE SOMBRIA

— Estou certo que sim — retrucou ele com frieza.

A camada de sementes era mais fina ali; eles estavam no limite do perímetro da tempestade. A patrulha de Vigias continuou esperando. Todos estavam armados, notou Raffi, e vestidos com armaduras. Um deles usava um elmo já bem dentado. Sentiu o coração martelar dentro do peito; desejava desesperadamente saber o que o guardião estava planejando. Aprendera a temer aquela risada implacável.

De perto, perceberam que os homens tinham escapado por pouco da tempestade. Todos estavam queimados e com dor; um deles segurava um dos braços enrolado em bandagens. Eles deviam ter perdido um cavalo.

— Boa-noite — cumprimentou Galen, num tom alegre. Carys o fitou, surpresa.

O sargento, que era quem estava a pé, os olhou de cima a baixo.

— De onde estão vindo? — perguntou, num rosnado. — Dos planaltos, após uma tempestade de fogo?

O guardião apoiou-se no cajado.

— Existem abrigos, se você souber onde encontrá-los. Pelo visto, vocês não tiveram tanta sorte.

— Estaríamos mortos se a tempestade não tivesse parado. — O sujeito era grande e, embora parecesse desinteressado, era mais sagaz do que os outros dois, que davam a impressão de estar com muita dor para demonstrar qualquer curiosidade. Carys conhecia aquele tipo. Ele ficaria desconfiado. — Quem são vocês?

— Meu nome é Harn — respondeu Galen, prontamente. — Esses são meus filhos, Raffael e Carys. — Passou o braço em volta dela e apertou. Carys sorriu alegremente para o Vigia, pensando que

OS VIGIAS, SEMPRE ALERTAS

o guardião sabia mentir tão bem quanto ela. Ele era muito mais esperto do que havia imaginado. Precisaria ser mais cuidadosa.

— Vocês estão vindo do vilarejo?

— Exatamente. — Galen confirmou de modo confiante.

— Leve-nos até lá. Meus homens estão machucados.

Já deviam esperar por isso. Era uma jogada arriscada, mas o guardião nem sequer titubeou. Fazendo que sim, pôs-se a andar ao lado do sargento, falando sobre as sementes como se nada no mundo pudesse preocupá-lo. O Vigia escutou, mal-humorado, enquanto prosseguiam. Os dois a cavalo os seguiam logo atrás. Nenhum deles seria problema, pensou Raffi; sabia o bastante para assustar os cavalos. Mas o terceiro! Deviam atacá-lo agora, de surpresa. O que Galen estava fazendo?!

Carys o acompanhava, com a balestra pendurada nas costas.

— Ele é louco. Qual é o plano?

— Não faço ideia. — Raffi olhou para as costas do mestre. — Ele fica assim às vezes. Faz coisas impulsivas. Não adianta tentar falar nada. De vez em quando, acho que ele está tentando se matar.

Ela o fitou.

— Está falando sério?

— Ele procura confusão. Pelo menos, desde o acidente... — Parou no meio da frase.

— Que acidente?

Raffi deu de ombros.

— Uma relíquia explodiu. Galen ficou machucado.

— Machucou a perna, você quer dizer?

Ele fez que sim. Pelo visto, não diria mais nada.

Carys desviou os olhos e contemplou as sementes espalhadas pelo campo.

— Não é uma boa razão para alguém tentar se matar.

Raffi não disse nada. Ela sabia que havia algo mais, que ele estava escondendo alguma coisa, mas antes que pudesse tentar de novo, eles se viram numa ruazinha lamacenta entre as primeiras casas. Um grupo de aldeões varria as sementes de fogo, juntando-as numa pilha. Ao verem os viajantes, congelaram.

— Agora é tarde — murmurou Carys. Pegou a balestra, irritada, olhando por cima do ombro para os dois a cavalo. Galen Harn era dela. Ninguém mais iria capturá-lo, principalmente um sargento barrigudo. — Prepare-se.

Raffi fez que não.

— Você não tem nada a ver com isso.

— Agora tenho.

O sargento dirigiu-se aos aldeões. A maior parte deles recuou, deixando sozinho como porta-voz um homem magro, de cabelos grisalhos, vestido com um casaco marrom feito de retalhos. Ele os cumprimentou com um menear de cabeça, sério.

— Então vocês voltaram.

— Nós dissemos que voltaríamos — rosnou o sargento.

— Temíamos que tivessem sido mortos pela tempestade de sementes — o porta-voz falou com sarcasmo.

O sargento lançou-lhe um pequeno sorriso azedo.

— Bom, não fomos.

— Já não tiraram o suficiente de nós?! — uma mulher gritou do meio do grupo. — Onde está o meu filho? Onde ele está?

— Vocês sabem muito bem onde eles estão. — Sentindo a tensão crescente, o sargento desembainhou a espada sem pestanejar. — Em boas mãos. Os Vigias irão alimentá-los, vesti-los e ensiná-los. Isso

OS VIGIAS, SEMPRE ALERTAS

é mais do que vocês poderiam oferecer a eles. Vocês deviam nos agradecer.

— E agora vocês vieram buscar mais. — O homem grisalho fechou as mãos em volta do cabo do ancinho.

— Não. Vocês já deram a sua cota. Só estamos aqui porque a tempestade nos pegou de surpresa. — Ele meio que se virou. — Encontramos seus amigos no campo. Eles também tiveram sorte.

Os aldeões olharam para o trio.

Carys fechou a mão em torno da balestra.

Galen olhou de relance para Raffi. Como estava perto, ela escutou o aprendiz sussurrar:

— Arno.

O guardião se aproximou e passou um braço em volta do ombro do aldeão.

— Arno! Bom te ver. Como andam as coisas?

Carys observou, espantada. Arno ficou em silêncio por alguns segundos, petrificado pela surpresa. Ele não vai entrar no jogo, ela pensou. Seus dedos prepararam a flecha. Às suas costas, Raffi esperava, apertando as mãos.

E, então, Arno falou:

— Tudo ótimo. — A voz dele era seca; o rosto não demonstrava o menor sinal de surpresa. — Estávamos à sua espera, meu irmão. Sua mulher está aqui.

Galen recuou um passo. Parecia subitamente desconfiado, e seu rosto assumiu uma expressão mais sombria. Uma mulher alta e loura saiu correndo do meio do grupo, jogou os braços em volta dele e o beijou.

— Você voltou! Chegou cedo! — Aproximou-se de Raffi e Carys e tomou-lhes a mão. — Vocês parecem meio famintos. Preparei um ótimo frango grelhado, do jeito que vocês gostam... – falando e rindo ao mesmo tempo, sem deixar que eles dissessem nada, ela os conduziu para longe do grupo, em direção às casas. Raffi deu uma rápida olhada por cima do ombro e viu os dois Vigias desmontando e o sargento dando ordens.

Ao virarem a esquina, Galen parou a mulher.

– O que está acontecendo?

Ela fez que não, impaciente.

– Eu é que devia perguntar isso! Como vocês puderam fazer uma coisa dessas, entrar aqui com eles! E por que você não me responde? Há dois dias venho tentando fazê-lo me escutar.

Ele a fitou, os olhos escuros estreitando-se de felicidade.

– Você é uma guardiã!

– Claro que sim. Agora entrem aqui. Rápido!

Passando por uma porta baixa, eles entraram numa das casas. Assim que esticou o corpo, Raffi viu uma sala comprida com outra em seguida, um fogo ardendo e um arranjo complicado de três espetos de frango sendo girados por uma mulher muito velha que sorriu para ele, deixando à mostra um único dente.

– São eles? – perguntou ela.

– São. – A mulher alta deu uma rápida olhada pela fenda da porta. – Acho que ninguém nos seguiu. Os Vigias voltaram.

A velha cuspiu.

– Malditos sejam.

– Arno os manterá ocupados. Vá e fique de olho neles.

A anciã deu uma piscadinha, jogou um xale em cima da cabeça e saiu em silêncio pela porta.

– Podemos confiar nela? – perguntou Galen.

OS VIGIAS, SEMPRE ALERTAS

— Claro que sim, ela é minha mãe. Agora, descarreguem suas coisas. Sentem-se. Em primeiro lugar, vamos arrumar algo para vocês comerem.

Raffi a observou cortar a carne. De repente, deu-se conta de quanto estava faminto. O aroma e o chiado da gordura pingando no fogo o atormentavam. A mulher falava depressa enquanto trabalhava.

— Meu nome é Lerin. Eu era uma aprendiz da Ordem. Meu mestre foi capturado e assassinado.

— Qual era o nome dele?

— Marcus Torna.

Galen anuiu com um triste menear de cabeça.

— Eu o conheci.

— Consegui escapar. Acho que os Vigias não sabiam que ele tinha uma pupila. Eu não tinha para onde ir, portanto voltei para casa. Para cá. Isso faz dez anos. As pessoas daqui são a minha família. Elas desprezam os Vigias, ainda mais agora. Aqueles homens estiveram aqui há três meses. Levaram dez crianças, todas com menos de 5 anos, para aquelas casas imundas deles. Só a Deusa sabe o que irá acontecer com elas.

Ela empurrou um prato de carne na direção de Raffi.

— Imagine só! Nossas próprias crianças, exercitadas, treinadas e transformadas em nossos inimigos. As mais espertas, as mais inteligentes! — Ela fez uma pausa e fitou Galen. — Que futuro essas crianças terão? Suas mães estão desesperadas.

O guardião balançou a cabeça de modo triste. Carys manteve os olhos tão insistentemente fixos no fogo que Raffi deu-lhe uma leve cutucada. Quando ela se virou, por um segundo algo espocou em sua mente, uma leve onda de dor. Enquanto tentava entender de onde a dor surgira, ela desapareceu.

Carys o olhava de cara feia.

— Me deixa em paz, Raffi.

De repente, a mulher pareceu notá-la.

— Quem é você? Eu não sabia que você estava com eles.

— Nós a encontramos nos planaltos — murmurou Galen. Ele se sentou num banco, subitamente cansado.

Lerin lançou-lhe um olhar de relance. Em seguida se empertigou, ainda com a faca na mão.

— Por que não me respondeu, guardião? Eu espalhei linhas de proteção... linhas fortes... por quase toda aquela região. Vocês passaram pela primeira há dois dias. Tentei contatá-lo mentalmente. Quase me tornei uma Mestre das Relíquias... mais alguns meses com Marcus e eu teria feito a Grande Jornada. Sei o que estou fazendo. Por que você não me respondeu?

Galen ergueu a cabeça. Estava do outro lado da sala, de frente para ela, com os últimos raios de sol incidindo entre eles.

— Vamos conversar sobre isso mais tarde. A sós. Muitas coisas aconteceram. Mas sou quem você pensa que sou. Galen Harn, um Mestre das Relíquias.

Eles ficaram se encarando por alguns instantes, enquanto o sol terminava de se pôr. De repente, a expressão da mulher mudou. Carys teve a impressão de que ela pareceu surpresa e, em seguida, horrorizada.

— Isso pode ser...?

— Mais tarde! — Galen desviou os olhos para a escuridão. — Eu explico depois.

OS VIGIAS, SEMPRE ALERTAS

Diário de Carys Arrin
Dia de Karnos, à noite.
11/16/546

Achei que Raffi fosse explodir de tanto comer. Para ser sincera, eu também. Agora ele e Galen estão dormindo. Após a refeição, todos estavam cansados demais para conversar. Amanhã, disse a mulher. Talvez então a patrulha dos Vigias já tenha ido embora. Ela saiu, mas a velha está em algum lugar por aqui.

Tem alguma coisa errada. Galen precisa pedir informações a Raffi. O nome do aldeão. Por que ele não sabia? Por que não respondeu ao chamado da mulher?

Talvez Galen seja uma fraude. Talvez a Ordem não tenha poder algum — mas ela saberia disso.

E talvez ele desconfie de mim.

Galen é um homem estranho e desagradável, mas enxerga longe. Ainda assim, foi deliberadamente ao encontro do perigo. Não entendo o que está acontecendo aqui. Mas vou descobrir.

Certo. O verdadeiro motivo de estar escrevendo é porque não consigo dormir. Por que ela precisava contar aquilo sobre as crianças? Será que eu vim de um vilarejo como esse? Será que minha mãe ficou desesperada? Eu achava que as crianças Vigias eram órfãs... Nunca pensei...

Isso é bobagem. Vou dormir.

A CIDADE SOMBRIA

Observação: Informações sobre Lerin seriam de grande utilidade para os Vigias. Não creio que irei enviá-las.

14

O que sabe o guardião?
Os segredos do mundo.
Com quem fala o guardião?
Com a Deusa e os Criadores.
O que teme o guardião?
Somente a falta de esperança.

Litania dos Criadores

— **T**ASCERON!

Lerin os fitou, boquiaberta.

— Galen, você não pode entrar lá! É loucura!

Ele andou de um lado para outro na sala iluminada pelo fogo, pensando. Lá fora, uma chuva gelada caía insistentemente, transformando a ruazinha de terra num lamaçal. Lavado, alimentado e descansado após a melhor noite de sono que tivera em meses, Raffi observava, ansioso, o guardião. Galen andava mais abatido nos últimos tempos, os cabelos compridos e desgrenhados, o nariz adunco bem protuberante e os olhos sombrios e obsessivos. Ele girou a caneca de cerveja que estava sobre a mesa, passando o dedo pelos desenhos do couro.

— Talvez seja. Mas tenho boas razões para isso. A primeira delas é o pai da garota.

Carys piscou. Por um momento, esquecera a própria história.

Lerin se virou para ela e fez que não com a cabeça.

— Sinto muito, mas isso é... Bem, você precisa encarar os fatos. Ele talvez já esteja morto.

A CIDADE SOMBRIA

— Não importa — replicou Carys. — Vou descobrir. — Olhou de relance para Galen. — Conte a ela seus outros motivos.

Ele tomou um gole da cerveja e colocou a caneca de volta na mesa. E, então, disse:

— Estou procurando um Sekoi. De pelo rajado e com um ziguezague sob um dos olhos. Um homem chamado Alberic o quer.

— Por quê?

— Alberic está com uma de nossas relíquias. Uma caixa de cristal que emite luz. E que pode matar.

Carys tentou não parecer interessada demais. Recostou-se na cadeira, esperando que ele dissesse mais alguma coisa, porém Lerin não ficou muito surpresa.

— E ele prometeu lhe devolver a caixa em troca do Sekoi?

Galen deu de ombros.

— Segundo ele. Tenho minhas dúvidas.

— Então por que se dar ao trabalho de procurar a criatura? — Ela se aproximou e se sentou no banco de frente para ele, a saia longa e vermelha arrastando no piso coberto de fuligem. — Guardião, você pode confiar em mim. Conte-me sua verdadeira razão. Ninguém vai até a Cidade Ferida a troco de nada.

Ele a fitou por um longo tempo.

— Acho que você devia contar — intrometeu-se Raffi.

— Ninguém pediu a sua opinião, garoto.

— Ninguém nunca pede. Mas sou eu quem vai ter que ir com você!

Galen ficou em silêncio. De repente, virou-se para Carys.

— Não é para você ouvir isso. Espere lá fora.

Ela fechou a cara.

— Mas eu também vou para Tasceron!

OS VIGIAS, SEMPRE ALERTAS

— Por suas próprias razões. Isso não tem nada a ver com você.

Ela deu de ombros e olhou para Lerin.

— Está um pouco molhado lá fora.

A mulher concordou com um meneio de cabeça.

— Vá para a outra sala. Minha mãe está lá.

Carys se levantou com relutância. Atravessou a sala e, ao se virar para fechar a porta, Raffi teve um rápido vislumbre do rosto dela. Para sua surpresa, viu que estava furiosa.

Assim que a porta se fechou, Lerin inclinou-se para a frente.

— Então, o que aconteceu com você?

Galen manteve-se calado por mais alguns instantes, e, ao falar, sua voz soou tensa.

— Há dez meses, eu e o garoto fomos chamados pelos aldeões de um vilarejo no meio da floresta, bem a leste daqui. Eles haviam encontrado uma relíquia, uma coisa enorme e estranha, e a tinham escondido dos Vigias. Ao vê-la, fiquei impressionado. Era alta e tubular, e costumava ficar fincada no solo. Agora estava caída. Uma enorme massa enferrujada.

"Percebi de cara que ainda havia poder dentro dela, e que era algo perigoso. Depois que os Criadores foram embora, muitos de seus equipamentos fugiram ao controle. Essa era maléfica. Falei para o garoto afastar os aldeões. Abri minha mente para ela e vi todas as cores e luzes, todas as conexões de poder. Depois disso, me aproximei e a toquei com cuidado."

Ele se recostou e soltou uma risada triste.

— Isso é tudo de que me lembro.

Ela se virou para Raffi, os olhos arregalados.

— A relíquia explodiu — falou baixinho o aprendiz. — Foi um estrondo e tanto! Inacreditável. A floresta pegou fogo. A maior parte dos aldeões fugiu correndo. Eu voltei, embora meu nariz e meus ouvidos estivessem sangrando. Galen estava esparramado no chão. Por um momento, achei que estivesse morto...

— Eu estava morto. — A voz do guardião soou dura. — Ainda estou. Perdi tudo o que fazia de mim um guardião. Fiquei com somente dois olhos, como o restante dos homens, e não consigo ver nada que eles não vejam. Quando o vento sopra entre as árvores, tudo o que consigo escutar é o próprio vento. Nada além disso. As heranças dos Criadores desapareceram. Minha mente está em profundo silêncio.

— Nada?

— Não escuto os pássaros nem as linhas de proteção, nenhum dos milhões de vozes presentes no mundo. Perdi a capacidade de me comunicar por telepatia. Não tenho mais sonhos.

Lerin o observou com atenção, horrorizada; Raffi sentiu esse horror como se fosse um aroma almiscarado.

— Como você sobrevive? — perguntou ela num sussurro.

— Com a ajuda das orações — respondeu Galen com tristeza. — E das coisas que o menino consegue fazer.

Ela ficou em silêncio, brincando com as dobras da saia vermelha.

— E você acha que existe uma possibilidade de encontrar alguém em Tasceron que possa ajudá-lo?

— Mais do que isso. — Ele lançou um olhar de relance para a porta. — Onde estão os Vigias?

— Selando os cavalos. Eles não suspeitam de nada. Não conhecem todos os aldeões, e nós duas somos velhas demais para eles se importarem. — Fez uma careta. — Espero que não se lembrem de vocês na próxima vez que vierem aqui.

OS VIGIAS, SEMPRE ALERTAS

Galen concordou com um menear de cabeça. Aproximou-se um pouco mais, de modo que as chamas lançaram sombras sobre seu rosto.

— Por duas vezes — falou baixinho —, escutamos algo muito estranho. Em ambas as vezes a mensagem foi a mesma... que o Corvo está vivo, escondido na cidade.

— O Corvo! Impossível!

O rosto dele assumiu uma expressão irritada.

— Não me chame de mentiroso! Marcus Torna não lhe ensinou isso.

— Desculpe. — Lerin fez que não com tristeza. — Desculpe, guardião, erro meu. Nada é impossível para a Deusa. Mas o Corvo! Eu achava... que tudo relacionado aos Criadores tivesse sido destruído. Por que ele ficou?

— E por que não? — Galen levantou-se subitamente, como se não conseguisse mais ficar parado. Andou até a janela e olhou para a chuva que caía lá fora. — Por que não? Os Criadores se foram, mas eles conheciam o futuro. Talvez tenham previsto a destruição da Ordem. Talvez tenham nos deixado seu mensageiro, escondido debaixo das ruínas, para que o encontrássemos quando chegasse a hora! — Virou-se. — É um presságio, Lerin, eu sei que é! Talvez o Corvo possa me curar, ou, mais do que isso, talvez ele possa curar nosso mundo. Ele pode nos livrar dos Vigias!

Uma leve batida na porta fez Raffi enrijecer. Galen não escutou, e Lerin parecia tão imersa em pensamentos que também não deu sinal de perceber. O aprendiz sentiu que Carys estava perto. Talvez ela estivesse escutando. Isso, porém, não o incomodou, tamanho o alívio que estava sentindo. Agora outra pessoa sabia. Certamente

A CIDADE SOMBRIA

Lerin tentaria fazê-lo desistir daquela loucura. Ela haveria de fazer isso.

Passado um tempo, ela ergueu os olhos.

— Você acha que essa é uma missão suicida — observou Galen, de modo seco.

Ela deu de ombros.

— Talvez. Por outro lado, posso entender por que você precisa tentar. Se for verdade...

— É verdade! Tenho certeza.

A mulher franziu o cenho.

— Mas, guardião, pense na imensidão que é Tasceron! São milhões de ruas, um labirinto de bairros destruídos. O fogo ainda arde sob a cidade, e o ar está sempre negro. Essa busca pode levar uma vida inteira, mesmo que você consiga se manter vivo.

— Nós saberemos onde procurar. — Galen mostrava-se obstinado. — Receberemos outras mensagens. Só precisamos manter a fé.

Ela concordou, embora com tristeza. Talvez tivesse percebido, como Raffi finalmente também percebera, que Galen já tinha tomado sua decisão e nada o faria mudar de ideia. Talvez Lerin soubesse que ele só conseguiria manter a sanidade se alimentasse alguma esperança.

Ela se levantou, fazendo balançar os colares de cristais verdes e azuis.

— Você vai precisar de um barco. Fazemos comércio com um dos vilarejos da costa... ele fica a um dia de caminhada daqui. Há um píer lá, de onde os barcos atravessam o Mar Estreito. Vamos colocá-los num dos barcos.

— E os Vigias?

— Não se preocupe. Como eu disse, o povo daqui é a minha família.

OS VIGIAS, SEMPRE ALERTAS

— Fico muito grato — disse Galen, com amarga alegria.

— Só uma coisa. — Ela se virou para ele. — Estou com um mau pressentimento, guardião. Tive pesadelos a noite inteira e temo que você talvez esteja indo ao encontro da morte. Portanto, vou lhe repassar este conselho dos Criadores: Sua vida é sagrada. O conhecimento que você possui é sagrado. Você não tem o direito de desperdiçá-lo por pura rebeldia. Acima de tudo, não tem o direito de arriscar a vida do menino. Já temos mártires suficientes. Escute este conselho, Galen Harn.

A voz dela havia mudado, tornando-se mais sombria. Raffi estremeceu. De repente, ela deu a impressão de estar tomada por algum tipo de autoridade que transformou seu rosto, deixando-o sério e belo. Contudo, essa sensação desapareceu num instante, como se alguém mais tivesse estado ali.

— Eu escutei. — Galen curvou a cabeça, mexido e incomodado. — Eu escutei, meus senhores.

ELES PERMANECERAM NA vila por dois dias, comendo bem e dormindo até tarde. Os Vigias haviam partido, levando consigo três cabras, algumas galinhas e as maldições dos aldeões. Os viajantes, porém, recebiam um respeitoso cumprimento de cabeça ao passar. Raffi já estava acostumado com isso, mas Carys ficou admirada.

— Eles realmente acham que vocês são especiais.

Ele olhou para ela, surpreso.

— É assim que deve ser. A maior parte das pessoas ainda respeita a Ordem.

Amaldiçoando-se, ela concordou com um meneio de cabeça.

A CIDADE SOMBRIA

— Sei disso.

Passaram em meio às casas, escutando o cacarejar das galinhas. Carys pensava nos fragmentos de conversa que conseguira escutar atrás da porta, depois que a velha encarquilhada pegara no sono. Outra vez o Corvo. Mas havia perdido alguns detalhes.

— Raffi — falou, de supetão. — Como você descobriu o nome do Arno?

Ele observava três crianças brincando numa poça de lama. A mãe apareceu e distribuiu alguns tapas.

— Os nomes são fáceis — respondeu. — Eles ficam bem na superfície, que nem a flor-tigre. Brilhante e com raízes profundas.

— Então por que Galen precisou perguntar a você?

Ele a fitou, zangado.

— Você não conhece os guardiões, Carys. Ele está sempre me testando. Sou um aprendiz. — Desviou os olhos. — Vamos apostar uma corrida até o topo da montanha — dizendo isso, partiu, pulando por cima das pedras, enfiando os pés em tocas de coelhos, sem esperar para ver se ela estava seguindo, pois odiava mentir para Carys; sentia-se envergonhado.

O tempo estava bom, ensolarado, com algumas súbitas pancadas de chuva, típicas do outono. Galen passou a maior parte do tempo meditando, parando apenas quando Lerin os levou, ele e Raffi, para ver sua coleção de relíquias, escondidas numa caverna secreta nas terras calcárias.

À noite eles conversaram em volta do fogo. Os guardiões se revezaram para contar histórias sobre os Criadores: as aventuras de Flain na Terra dos Mortos; a grande luta de Kest contra o Dragão de Maar, cujo rabo arrancou metade das estrelas do céu.

OS VIGIAS, SEMPRE ALERTAS

Sonolento e aconchegado numa cadeira acolchoada, Raffi divagou, vendo as cenas das histórias em meio às chamas e à luz crepitante — as cavernas e reentrâncias do submundo, os fantasmas Sekoi, as passagens e as salas dos tesouros. Em determinado momento, durante uma das narrativas, virou-se para Carys, e algo no rosto dela lhe chamou a atenção, uma espécie de olhar perdido, distante, até que ela o pegou observando e franziu o cenho.

Parte dele desejava permanecer na vila pelo resto da vida, porém, no terceiro dia, Lerin avisou-lhes que estava tudo preparado.

— Vocês partem amanhã, com as mercadorias a serem comercializadas. Lã, cevada, mel e maçãs. Arno irá acompanhá-los. O barco se chama *Sigourna*, e estará à espera em Troen... esse é o nome do píer. Vocês irão até o rio Morna... o mais próximo de Tasceron que podemos deixá-los.

Galen anuiu.

— Ótimo, Lerin! Excelente!

Ela lançou um olhar de relance para Raffi, que deu de ombros. Ele sabia que sua opinião não faria a menor diferença.

15

Certo dia, Flain caminhava pela Floresta de Karsh quando sentiu sede. Aproximando-se de um riacho, bebeu com tanta sofreguidão que aprofundou o leito.

Feito isso, seguiu seu caminho. O mar subiu, inundando a floresta.

Os Sekoi, porém, contam uma história diferente sobre este episódio.

Livro das Sete Luas

HAVIA ALGO À espreita naquele beco escuro. Com as costas coladas na parede úmida, Raffi escutou o que quer que fosse saindo da escuridão. Virou-se e correu, brandindo os braços para afastar as teias de aranha, que mesmo assim grudavam em seu rosto e em suas mãos.

O chão virou uma ladeira; ele tropeçou e caiu esparramado no chão. De repente, a coisa estava em cima dele, rasgando suas costas com as garras afiadas, soprando um hálito fétido em seu pescoço. Raffi gritou e se contorceu até conseguir se colocar em pé de novo. Enquanto corria às cegas na total escuridão, bateu de cara numa parede. Encolheu-se, ofegante, lutando, esperneando, chutando os cobertores, o casaco, os dedos fortes que teimavam em tentar agarrá-lo.

— Raffi! Acalme-se! Sou eu. Pelo amor de Flain, controle-se!

O rugido de Galen o arrancou do sonho instantes antes de Carys passar pela porta e entrar na cabine com a camisa para fora da calça.

— O que houve? Ele está enjoado?

A CIDADE SOMBRIA

— Não. — Galen o soltou e se recostou na cadeira. — Acho que não.

— É claro que não! Foi um sonho. — Raffi esfregou o suor do rosto. — Um pesadelo.

A proa do barco afundou na água. Raffi sentiu o estômago embrulhar, enquanto uma bandeja cheia de canecas e pratos deslizava devagarinho pela mesa desestabilizada.

— Todos os sonhos são importantes — comentou Galen, fechando a mão em torno do braço da cadeira. — Conte para mim.

O aprendiz deu de ombros.

— Eu estava numa espécie de rua... — Ele fez um breve relato, lembrando-se do sonho de forma precisa, como Galen havia lhe ensinado. Ao terminar, Carys abriu um sorriso.

— Foi aquele queijo que você comeu ontem.

Galen a fitou de cara feia.

— Pode ser importante. Não esqueça nenhum detalhe.

A proa elevou-se de supetão; a lamparina a óleo balançou, lançando sombras engraçadas no teto baixo. Carys se sentou para amarrar os cadarços das botas.

— Continuamos perdidos.

Eles estavam navegando fazia dois dias, e o tempo vinha piorando de forma constante. Um dia antes, uma forte neblina baixara. Agora a pequena cabine encontrava-se imersa em uma névoa que parecia descer pelos degraus e envolver a lamparina. Os cobertores cheiravam a umidade.

A manhã já estava no fim, embora noite e dia parecessem a mesma coisa.

— Eles pediram de novo? — perguntou Raffi baixinho.

— Ainda não, mas vão — murmurou Galen.

OS VIGIAS, SEMPRE ALERTAS

Quase que como resposta, os três escutaram uma forte batida na porta; Arno entrou de cabeça baixa. Parecia perturbado e encharcado.

— Sinto muito, Galen.

Ele deu um passo para o lado; atrás dele, o capitão bloqueou a entrada da cabine, um homem baixo, de barba negra, segurando o quepe na mão. Os dedos torciam o acessório nervosamente.

— Guardião, os homens estão assustados. A neblina está densa demais, não sabemos a que distância estamos da costa. Os Vigias patrulham esse estreito, e se eles subirem a bordo...

— Eu sei — retrucou Galen, sério. — Representamos um grande perigo para vocês.

— Na verdade, alguns dos marinheiros mais velhos... estão dizendo que a Ordem tinha o poder de manipular o tempo. Não sei. Mas se houver alguma coisa que o senhor possa fazer...

Galen ficou em silêncio por alguns instantes. Carys o observou com curiosidade. Ele, então, disse:

— Vou subir para o convés. Mas primeiro preciso me preparar.

Os dois homens saíram respeitosamente, e Carys foi com eles, fechando o casaco azul em volta do corpo ao terminar de subir os degraus. O nevoeiro, de um tom cinza carregado, estava ainda mais denso; o ar tinha um gosto de sal e metal. Carys só conseguiu enxergar a amurada quando estava prestes a se chocar contra ela; acima de sua cabeça, os mastros desapareciam em meio à névoa. O mar abaixo também era invisível e silencioso, subindo e descendo em ondas suaves. Os únicos sons eram o arrastar das cordas cobertas de piche, os estalos das lonas das velas e o murmúrio de vozes indistintas.

A CIDADE SOMBRIA

Galen e Raffi subiram. O guardião trazia um pequeno objeto na mão, parecia um cristal de quartzo. Carys percebeu que Raffi estava nervoso. Galen empurrou um rolo de cordas para o lado e colocou o cristal sobre as tábuas encharcadas do convés. Usando um pedaço de giz, desenhou símbolos estranhos em torno dele, alguns dos quais ela se lembrava de ter visto durante o treinamento. Um pássaro, as sete representações das luas, um círculo partido e uma abelha.

Os marinheiros se juntaram atrás de Carys como aparições saindo da névoa.

Galen endireitou o corpo e fez sinal para Raffi se aproximar. Ele parecia pálido na luz esfumaçada.

— Não é você quem vai fazer isso? — o capitão perguntou com ansiedade.

Galen o fitou, surpreso.

— Manipular o tempo é uma tarefa para os aprendizes — respondeu de modo seco. — Não para os mestres.

Ele fez um sinal com a cabeça para Raffi, que inspirou fundo, fechou os olhos e abriu as mãos. Abaixo dele, o cristal encontrava-se envolvido pela neblina.

Carys observou com atenção. Por um tempo, nada aconteceu, e ela disse a si mesma que nada iria acontecer. A coisa toda era uma tolice. Alguém murmurou alguma bobagem atrás dela, e Galen rosnou um "Quieto!", sem sequer olhar para trás. Ela viu que ele fitava Raffi atentamente, como se o incitasse a continuar. O barco navegava em silêncio pelo nevoeiro. De repente, Carys sentiu um leve calafrio de medo percorrer-lhe a espinha; cerrou os punhos e inspirou com força.

OS VIGIAS, SEMPRE ALERTAS

A neblina em volta do cristal desaparecera.

Um pequeno círculo de ar límpido pairava em seu lugar; a pedra de cristal branco brilhava, e os nós da madeira do piso estavam nítidos e destacados. Raffi abriu os olhos e sorriu. Parecia chocado e deliciado. O círculo aumentou, e a névoa continuou retrocedendo, dissolvendo-se, fazendo os homens murmurarem e assobiarem, estupefatos. Agora todos conseguiam enxergar uns aos outros, o convés, a amurada oposta de onde uma gaivota levantou voo com um grito de alarme; enquanto isso, o círculo de poder continuava se expandindo. Carys ficou imóvel, observando. O mastro surgiu, seguido pelos cordames e pelo gato mascote empoleirado numa das cruzetas. Pouco a pouco, tudo ia aparecendo debaixo daquela enorme bolha de visibilidade. Virando-se para a amurada, ela olhou para baixo e viu o mar, com suas ondas esverdeadas batendo de encontro à parede de névoa cada vez mais distante. Fez que não com a cabeça, confusa.

— Ah, Jeltok... O que você diria se visse isso?

— Quem? — Raffi estava em pé atrás dela, sorrindo.

— Ninguém. Você parece satisfeito.

Ele riu.

— Eu posso sentir! Fiz tudo direitinho!

— Excelente! — O capitão colocou o quepe de volta na cabeça e estendeu a mão para Galen. — Excelente!

O guardião afastou a mão do outro com um safanão.

— Eu, não. O garoto.

— É claro! — Dando um tapinha descuidado nas costas do aprendiz, ele olhou para o mar. — Até onde conseguiremos enxergar?

— Cerca de meia légua em torno do barco. Mais além o nevoeiro continua. — Galen aproximou-se de Raffi e o fitou. De modo duro, disse: — Muito bom.

A CIDADE SOMBRIA

Raffi estava boquiaberto.

— A forma como o poder é canalizado pelas suas mãos... — murmurou.

Galen quase se encolheu. Mas, então, falou:

— Eu sei.

— Eu não quis dizer... sinto muito...

— Quieto! — O guardião o fitou com ferocidade. — Já chega!

Carys os observou. Em seguida, virou-se e olhou para o círculo de névoa, com sua borda destacada. Viu uma floresta de árvores imensas e enegrecidas surgir no meio do mar, os galhos bem altos formando túneis sobre as águas esverdeadas.

— Olhe isso!

Galen olhou, mas não disse nada. Atrás dela, Arno murmurou:

— A floresta inundada. A Floresta de Karsh.

Ela já escutara falar. As gigantescas árvores enegrecidas erguiam-se como pilastras, as raízes submersas. Ao se aproximarem de uma delas, Carys percebeu a rigidez da madeira, fossilizada e escarpada como uma pedra.

— Elas estão vivas? — perguntou num sussurro.

— Devem estar. Eu posso senti-las — respondeu Raffi. De repente, ele se encolheu como se algo tivesse lhe dado uma ferroada.

— Que foi?

— As linhas de proteção. Alguma coisa está se aproximando. — Virou-se para Galen. — Atrás da gente. Um barco. Ele está muito perto!

— A patrulha dos Vigias! — O capitão se virou e subiu para o passadiço, gritando ordens frenéticas. Uma nova vela foi hasteada. O barco estremeceu e cambou.

OS VIGIAS, SEMPRE ALERTAS

— Vocês não conseguirão fugir deles — murmurou Carys. Olhou por cima do ombro. — Não consigo ver nada.

— Eles estão aí. — Galen deu um tapa na amurada, furioso; em seguida, virou-se e gritou: — Para as árvores! Leve-nos para as árvores!

— Não posso, guardião! — O capitão olhou para ele, perplexo. — Ninguém ousa entrar na floresta! Não sabemos a profundidade… ninguém jamais mapeou as correntes e os bancos de areia, os canais… Além disso, só a Deusa sabe o que vive aí dentro!

Com um murmúrio furioso, Galen subiu correndo para o passadiço e agarrou o capitão pelo casaco.

— E o que vai acontecer quando os Vigias saírem do meio da neblina? Você acha que não vão perceber que usamos um encanto? Entrem na floresta antes que eles vejam o nome do barco! Ou você quer ser arrastado para fora da água à força?!

O homem o fitou, pálido. E, então, se virou.

— Virem a bombordo! Recolham a vela do mastro principal! Agora!

Devagar e contra a vontade, o barco virou e seguiu em direção a um canal escuro entre as duas árvores mais próximas.

— Não seria mais fácil trazer o nevoeiro de volta? — perguntou Carys, preocupada.

Raffi fez que não.

— Não dá. Agora, não. O encanto irá durar algumas horas.

— Então eles vão saber onde nós estamos.

— Se vierem atrás da gente.

— Ah, eles virão — murmurou ela.

O canal alargou. Ao entrarem nele, uma espécie de penumbra esverdeada recaiu sobre seus rostos; bem acima de suas cabeças, os galhos, aparentemente nus, farfalharam, e eles perceberam que as folhas enegrecidas pendiam em pequenas e estranhas pencas. Estava muito escuro ali, e os únicos sons eram os resmungos dos marinheiros recolhendo a pesada vela. Olhando para trás, Raffi viu a entrada do túnel e o mar se abrindo logo atrás, as ondulações e marolas provocadas pela popa quebrando contra os troncos negros e fossilizados das árvores.

De repente, ele viu, bem no ponto onde a névoa se desfazia, a proa de um barco despontando para a luz do sol. Pintado na lateral, o grande olho prateado parecia encará-lo através das águas esverdeadas. A sensação de que o olho conseguia enxergar dentro dele fez Raffi estremecer.

Mas, então, eles se viraram para as árvores e a luz do sol foi bloqueada.

— Eles nos viram?

— Quem sabe? — rosnou Galen. — Se tiverem visto, virão atrás de nós.

Fora o ruído e os ecos das ondas batendo contra as árvores, o silêncio era assustador. Em ambos os lados, as árvores erguiam-se como pilastras negras num salão escuro e inundado; uma floresta mergulhada até a cintura em águas sombrias, estendendo-se na escuridão, exalando um fedor pútrido, e com suas folhas secas farfalhando acima. As árvores deviam ser muito fortes, pensou Raffi, para continuarem crescendo como faziam havia milhares de anos, como se nem sequer percebessem o mar que as afogava.

Eles estavam totalmente envoltos pela floresta agora. A luz era de um verde bruxuleante; pássaros estranhos chilreavam ao redor. Os galhos acima da cabeça de Raffi balançaram, como se alguma criatura invisível tivesse pulado de um para outro. O capitão estava

OS VIGIAS, SEMPRE ALERTAS

debruçado sobre a amurada, observando a água, atento a qualquer risco de colisão. Sem vento algum, o barco prosseguia ao sabor das misteriosas correntes. Raffi notou o modo como os marinheiros mantinham-se perto uns dos outros, observando com medo a escuridão entre as árvores silenciosas e semissubmersas. Não havia sinal do barco dos Vigias, nem traço algum de luz do sol. Quanto mais penetravam na floresta, mais escuro ficava.

Galen parecia inquieto.

— A que distância estamos da costa?

O capitão sacudiu a cabeça, desanimado.

— Quem sabe? Talvez estejamos a ponto de encalhar. Segundo os mapas, a floresta inundada termina ao sul de Tasceron, mas não sei se conseguiremos chegar tão perto...

— É preciso — interveio Galen. Virou-se para Raffi. — E então?

— Eles continuam vindo. Talvez estejam se aproximando.

— Certo. Desça e pegue suas coisas. Você também, Carys, caso queira vir conosco.

— É claro que eu quero!

Lá embaixo, na cabine, enquanto guardava o diário no fundo do alforje, ela perguntou:

— O que ele pretende fazer?

— Não ouso nem pensar. — Raffi verificou a sacola de relíquias com tristeza.

De repente, o barco estremeceu. A trepidação súbita lançou os dois no chão e derrubou as canecas, os pratos e a lamparina, que despencaram em cima deles.

Carys se pôs de pé, dolorida.

— Encalhamos! Venha!

A CIDADE SOMBRIA

O convés estava uma loucura. Os homens corriam de um lado para outro, gritando ordens, enquanto o barco encontrava-se inclinado num ângulo bizarro, com um dos lados quase que totalmente fora d'água. Esforçando-se para alcançar a amurada mais alta, Raffi se debruçou e viu, agarrado sob o casco, um tronco gigantesco e partido; um pouco mais além, um imenso emaranhado de raízes despontava de bancos de lama.

— Vamos saltar aqui — decidiu Galen. Pendurou a mochila no ombro, prendeu o cajado nela e subiu na amurada.

— Não podemos deixá-los! — gritou Raffi. — Não assim!

Galen o fitou com frieza.

— Eles não precisam de nós. Somos um risco para eles. Você quer que os Vigias nos encontrem a bordo?

Os marinheiros haviam pegado vários pedaços de pau e estavam usando como alavancas, fazendo a pequena embarcação estremecer e ranger.

— Agora! — ordenou o guardião. — Enquanto a gente pode. — Ele passou as pernas por cima da amurada, se firmou e pulou para o tronco negro e escorregadio. Quase caiu, mas conseguiu recuperar rapidamente o equilíbrio. Carys o seguiu com cuidado, e depois Raffi, que se pendurou pelos braços. Assim que o aprendiz se soltou, o barco desencalhou. O rosto pálido de Arno surgiu por cima da amurada.

— Galen, vocês não precisam...

— Vamos ficar por aqui. — O guardião lançou um rápido olhar de relance para a floresta. — Vão embora. Diga a Lerin que não vou me esquecer do que ela disse.

Arno fez que sim.

OS VIGIAS, SEMPRE ALERTAS

— Boa sorte! Cuidem-se. — Ele se debruçou um pouco mais. — Dê-nos sua bênção, guardião.

Com uma das mãos estendidas, Galen pronunciou as palavras baixinho. Eles ficaram por alguns instantes observando o barco desaparecer entre as árvores enegrecidas. Ao se virar, o guardião declarou:

— A coragem dos fiéis. Lembre-se disso, Raffi.

Os três atravessaram engatinhando o tronco gigantesco, que, embora tivesse uma superfície arredondada e escorregadia, era tão largo quanto uma trilha. A meio caminho das raízes protuberantes, Carys colou o corpo completamente na madeira.

— Abaixem-se!

Alarmado, Raffi deu um pulo. Ele ainda tentou se agarrar, mas escorregou e, ao perceber que ia cair, tomou cuidado para não deixar respingar muita água. Mergulhado até o queixo, buscou algo a que se segurar e, para sua surpresa, descobriu que seus pés tocavam o fundo lodoso. Pequeninos mosquitos zumbiam ao seu redor; a água fedia, e ele apertou os lábios com força para não engolir o líquido fétido.

O barco dos Vigias aproximou-se silenciosamente pela floresta inundada, uma embarcação elegante, pintada de preto, com a proa pontuda e o olho prateado reluzindo na luz verde e bruxuleante. Ela se movia com rapidez, levada pelas correntes; a bordo, Raffi viu homens pendurados nos cordames e debruçados sobre as amuradas do convés, olhando ansiosamente para baixo.

Sem mexer um único músculo, eles observaram o inimigo passar, gerando um rastro de pequeninas ondulações que batiam contra os lábios de Raffi. Ele se virou de costas.

A CIDADE SOMBRIA

Quando o barco finalmente sumiu de vista, Galen se sentou com uma expressão de puro ódio.

— Espero que eles não alcancem nossos amigos. — Inclinando-se, agarrou o braço do aprendiz, que resfolegou, tentando soltar o pé da lama.

— Não consigo subir. É escorregadio demais. Vou andando por aqui mesmo.

Esforçando-se ao máximo para não provocar distúrbios na água, ele foi seguindo ao lado do tronco. Para seu alívio, o fundo rapidamente ficou mais raso, até que a água chegou à altura da cintura. Com as roupas pingando, sentiu um calafrio e começou a esfregar os braços para se livrar do visco esverdeado.

Era difícil soltar o pé do fundo lodoso; a água à sua volta era quase negra. Galhos passavam boiando e nuvens de sedimentos elevavam-se da superfície.

Raffi brandiu os braços para afastar os mosquitos e viu que Galen viera se juntar a ele dentro d'água. O que antes era mar, tornara-se um pântano.

Eles levaram mais de uma hora para alcançar solo firme, e quando finalmente conseguiram, o sol estava quase se pondo. Pararam para comer um pouco e trocar de roupa, e, em seguida, retomaram a viagem, seguindo para oeste, os corpos duros de tamanha exaustão.

Galen apressou-os. Sabia que, se o barco fosse capturado, a tripulação daria com a língua nos dentes, e, se os Vigias descobrissem para onde estavam indo, ficariam em sérios apuros. Além disso, a ânsia de chegar a Tasceron o impelia como uma dor; todos os seus sentidos adormecidos desejavam confrontar os segredos que havia lá, o poder escondido em suas entranhas. Em silêncio, continuou prosseguindo de maneira obstinada pelo pântano salgado, abrindo

OS VIGIAS, SEMPRE ALERTAS

caminho pelos arbustos secos, com Carys e Raffi lutando para acompanhá-lo. Ninguém falava nada. A viagem tornou-se um pesadelo de corpos enregelados, mãos cortadas e respirações ofegantes. Eles caminharam por quilômetros, imersos numa escuridão que parecia ficar mais densa a cada passo, ainda que todas as sete luas tivessem surgido, uma a uma, para formar o grande Arco, cada qual com sua luz estranha e misteriosa, a perolada Karnos, a vermelha Pyra e, no zênite, a crescente Agramon.

De repente, Galen parou no topo de uma pequena encosta. Dolorido demais para sentir-se contente, Raffi despencou no chão e se curvou, tentando aliviar a dor no flanco. Algum tempo se passou antes que levantasse a cabeça, respirando profundamente.

Abaixo deles estendia-se a escuridão. Um vale de trevas. Torres altas erguiam-se aqui e ali; bem ao longe, estranhos domos desapareciam em meio à fumaça e aos vapores. A escuridão era pesada; até onde eles conseguiam enxergar, ela cobria tudo. Carys jogou os cabelos enlameados para trás, e Galen continuou parado, sem dizer nada.

Todos sabiam que estavam diante de Tasceron.

A CIDADE FERIDA

16

Tasceron. Ó Tasceron!
Sofro por você, minha cidade.
Seus grandes salões foram destruídos;
A escuridão recaiu sobre você.
E os ratos comem os belos trajes de seus reis.

O Lamento de Tasceron

CARYS PASSOU ENGATINHANDO por um emaranhado de espinhos e lambeu a mão arranhada.

— É inútil – murmurou. – Eles estão revistando todas as carroças e embrulhos, verificando a documentação de todo mundo. Cheguei perto o bastante para escutar. Nós nunca conseguiremos entrar por aqui.

Raffi ficou aliviado. Através dos galhos, deu uma espiada no portão da cidade. Uma pequena torre escura e estreita projetava-se do muro e, através da luz fraca que parecia desprender-se dela, ele conseguiu divisar um grupo de homens envoltos em mantos e uma pequena fila de carroças esperando para passar.

— Comida? – ponderou.

— Provavelmente. – Galen passou os olhos pela fileira de carroças. Em seguida, olhou para os muros. A muralha dupla da Cidade do Mal, erguida pelos Criadores, era enorme, negra e uniforme. Não havia nenhuma fenda nem janela; as pedras gigantescas estendiam-se a perder de vista na escuridão assustadora, imaginou

A CIDADE SOMBRIA

Raffi. Os viajantes poderiam percorrer seu perímetro por semanas sem encontrar uma única brecha.

— E, mesmo que encontrássemos, ela estaria vigiada — murmurou em voz alta.

Galen se virou, ainda de cócoras. Na penumbra, seu rosto era um apanhado de sombras, porém, ao falar, o aprendiz reconheceu o tom duro e obstinado que sempre o incomodava.

— Tenho uma ideia. É arriscada, mas acho que é o único jeito. Essas carroças…

— Não vamos nos esconder nelas! — Raffi o pegou pelo braço. — Galen, elas são revistadas! Eles verificam até os sacos de farinha!

— Não dentro das carroças. — O guardião, irritado, soltou-se com um safanão. — Debaixo.

Eles ficaram em silêncio. Galen acrescentou rapidamente:

— As carroças são pequenas e fortes. Os eixos das rodas não me parecem muito distantes um do outro, e há um travessão de madeira entre eles. A gente pode se espremer no espaço entre os eixos e o piso da carroça.

— Isso é loucura — bufou o aprendiz.

— E quanto à sua perna? — indagou Carys.

O guardião se virou para ela.

— Eu me viro. Assim que passarmos pelo portão, a gente sai e se encontra em algum lugar. — Apontou com a cabeça para uma torre alta que se erguia em meio à escuridão. — Ao lado daquela torre. Ou o mais perto dela que conseguirmos chegar. Entenderam?

Carys pensou um pouco e concordou com um relutante meneio de cabeça.

— Raffi?

A CIDADE FERIDA

Fazendo que não, ele disse:

— Tem que haver um jeito melhor...

— Não há. — Galen lançou-lhe um olhar penetrante. — Confie em mim, Raffi. Eu levo a mochila. Vamos chegar mais perto.

Eles abriram caminho pelos arbustos até a estradinha e pararam em frente à terceira carroça da fila. Dois homens conversavam diante dela. Suas vozes soavam claras na quietude que os cercava. Um cachorro latiu ao longe. Galen tocou Carys de leve no ombro. Ela lançou um olhar exasperado para Raffi, se agachou e correu, sem fazer barulho algum, até a carroça. Mergulhou debaixo dela como uma sombra.

— E se eles a encontrarem? — sussurrou o aprendiz, apreensivo.

— Se isso acontecer, encontrarão todos nós. Você é o próximo.

As carroças andaram; os animais de carga, em sua maior parte mulas, deram alguns passos em meio a gritos e ao estalar de um chicote. Galen tocou Raffi de leve e o aprendiz correu, agachado. No meio do caminho, ele parou, petrificado, o coração martelando com força, enquanto o condutor do veículo passava, verificando as rodas. O homem, porém, estava de costas, e, em segundos, Raffi passou e mergulhou debaixo, sentindo o cheiro de excrementos de mula próximo ao rosto. Agarrando-se ao eixo dianteiro, puxou o corpo para cima do travessão e apoiou os pés no eixo traseiro.

Acima dele, a base da carroça estava abaulada devido ao peso — Galen não pensara nisso. Ela pesava sobre suas costas e, num momento de terror, imaginou um dos Vigias subindo a bordo e o esmagando. Agarrou o eixo lubrificado com força, o rosto virado de lado, o fedor de cocô penetrando em suas narinas.

Um longo tempo se passou antes de eles se moverem.

A CIDADE SOMBRIA

O primeiro solavanco quase o jogou para fora, e Raffi segurou-se com mais força ainda no eixo que girava e escorregava. Agarrou-se ao travessão estreito como um carrapato, sentindo os braços e as pernas doerem, esperando não escorregar do esconderijo. Quando a carroça parou novamente, ele relaxou um pouco.

Pouco a pouco, seu corpo foi tomado pelo frio. Após séculos de paradas e avanços, sentia-se exausto; a longa caminhada do barco até o portão da cidade o deixara com câimbras nos músculos, e ele morria de medo de cair. Farpas afiadas de madeira espetavam suas mãos e as poças lamacentas da estradinha respingavam em seu rosto. De repente, a carroça parou de novo. Dessa vez, a espera demorou tanto que ele quase dormiu; apenas o pânico de ser descoberto o manteve firme. Em seguida, houve um longo progresso. Olhando para baixo, o aprendiz viu as rodas esmagando o cascalho da estrada, deixando marcas profundas sobre outras feitas anteriormente.

Eles pararam.

— Documentos — uma voz rosnou.

Raffi agarrou-se com firmeza. O homem estava perto. Um par de botas chapinhou na lama; ele captou as palavras *cevada* e *dois sacos de aves*.

Os pés se moveram em direção à parte traseira da carroça. As galinhas cacarejavam bem ao lado de seu ouvido, e as tábuas do piso sobre suas costas pareceram ficar mais pesadas. Trincando os dentes, esperou enquanto o homem subia no veículo. Nuvens de pequeninos grãos de farinha e cereais caíram sobre ele quando os sacos foram rasgados.

O silêncio era a pior parte. Suas mãos agora estavam cobertas pela graxa dos eixos e escorregavam constantemente. Ele precisou

A CIDADE FERIDA

se agarrar com os joelhos e as pontas dos dedos, pedindo a Flain que lhe desse forças para aguentar. A rigidez dos músculos era um tormento, e, apesar do frio, suou só de pensar que eles talvez não respondessem se precisasse correr.

Escutou um barulho à esquerda. Com cuidado, virou a cabeça. As botas estavam de volta. Elas pararam ao lado da roda esquerda dianteira, uma sobre o estribo e a outra virada de lado. Com um suspiro, Raffi apertou o eixo com tanta força que suas mãos doeram.

O Vigia havia deixado alguma coisa cair. Uma moeda.

Ela caiu na lama. Por um segundo de desespero, Raffi olhou fixamente para ela. O homem se abaixou e tentou alcançá-la, o rosto próximo ao do aprendiz, os cabelos compridos e desgrenhados cobrindo os olhos. Ele esticou a mão e tocou a moeda sob a roda.

E, então, tal como um pesadelo, o sujeito se foi.

Coberto por um suor gelado, Raffi se manteve firme quando a carroça recomeçou a andar, balançando e sacudindo. A sombra do portão recaiu sobre ele; pouco depois, viu-se sobre um trecho pavimentado com pedras, e escutou o eco dos cascos ao passar por uma área coberta. Em seguida, mais lama.

Recitou uma pequena oração. Estava dentro da cidade.

RAFFI PERMANECEU NO esconderijo até a carroça alcançar uma esquina e diminuir a marcha; ele, então, se soltou e escorregou para o chão com um baque surdo. A rua estava escura; a carroça passou ruidosamente acima dele, as rodas estalando em ambos os lados. Continuou onde estava até vê-la desaparecer, e então levantou-se, dolorido, as mãos tão duras que mal conseguia abri-las. Tentou se empertigar e soltou um gemido ao sentir os joelhos fracos.

— Raffi!

O sussurro veio de uma porta; o rosto de Carys apareceu logo em seguida sob um facho de luz.

— Aqui!

Ele se aproximou mancando e se agachou ao lado dela.

— Tudo bem?

— Estou meio morto. — Esfregando os braços doloridos, ergueu os olhos. — Maldito Galen e suas ideias!

— Mas funcionou. — Carys parecia estar se divertindo. Ao se virar para a companheira, Raffi viu que estava imunda e com o rosto todo sujo de graxa. Ele também não devia estar com uma aparência muito melhor.

— Para onde, agora?

— O prédio com a torre. Ele deve estar perto.

Eles estavam numa rua estreita, com um cheiro tenebroso, de frente para algumas casas. Não havia luz alguma, nem mesmo a iluminação das luas. Raffi imaginou se a luz delas em algum momento conseguiria atravessar a escuridão da cidade destruída. Era possível visualizar apenas algumas espirais e anéis de fumaça à sua volta, como se o vento não conseguisse dissolvê-los. Vapores erguiam-se dos ralos e bueiros; qualquer um que morasse ali, naquela cidade apodrecida, há muito se esquecera do calor do sol. Abaixo da superfície, Tasceron continuava a arder. Essa era sua punição, e, para eles, a segurança.

Um rato desceu correndo a rua. Raffi pegou Carys pela mão e os dois saíram em disparada, grudados às paredes dos prédios

A CIDADE FERIDA

enegrecidos, tropeçando nos destroços e nos buracos. Um guincho baixo e peculiar fez com que parassem e erguessem os olhos, apavorados. Acima das casas, uma enorme silhueta escura passou voando pela ruazinha mal-iluminada.

— Que negócio é esse?!

Carys balançou a cabeça negativamente.

— Não quero nem pensar.

O prédio que eles haviam combinado como local de encontro estava em escombros. Um buraco enorme tomava toda a parede; acima deles, as ruínas da torre erguiam-se na escuridão.

— Ele parece que vai desabar a qualquer momento — murmurou Raffi.

— Talvez. — Carys passou os olhos em torno. — Ele está aqui?

— Não sei. — O aprendiz esfregou o rosto. Estava tão cansado, e a cidade o deixava confuso, a fumaça bloqueava as linhas de proteção. Nada parecia claro. Passou pelo buraco atrás dela.

Lá dentro estava um breu. Eles deram um passo.

— Galen? — Raffi chamou num sussurro. — Galen, você está aqui?

O riscar da pedra do isqueiro foi a resposta. No canto oposto, uma chama surgiu, revelando um rosto taciturno que se virou para eles. Carys sorriu e deu mais um passo, mas Raffi a segurou, petrificado.

— Não é ele.

O rosto estava imundo. Uma enorme queimadura marcava todo um lado da face, e, quando o homem se levantou, eles viram que metade dos seus cabelos também se fora. No lugar dos cabelos, havia o desenho de uma cobra horrenda, com as presas à mostra.

A CIDADE SOMBRIA

Ele se espreguiçou, lançando ao chão alguns cobertores manchados; em seguida, murmurou alguma coisa e, à sua direita, outro homem gemeu e se sentou.

De repente, Raffi percebeu que eles estavam cercados por um grupo de figuras indistintas.

— Saia! — mandou. — Saia! Agora!

Ela já estava saindo. Enquanto a seguia, ele escutou os gritos; em todos os cantos, rostos se ergueram e olharam para ele, rostos grotescos, sem olhos, marcados por cicatrizes ou esqueléticos devido à fome. Raffi pulou pelo buraco, lançando encantos de proteção atrás dele, mas era difícil pensar. O horror gerado pelas criaturas o fez correr às cegas pela rua, virar uma esquina e continuar descendo outra, até que uma sombra surgiu à sua frente e o agarrou com as duas mãos.

— Calma! Calma!

— Galen... — Ele tremia, ofegante.

— Eu sei. Eles não o seguiram. — O guardião o arrastou até uma esquina mal-iluminada e se agachou. Enquanto recuperava o fôlego, passando mal de tanto medo, Raffi escutou a explicação de Carys. Ela não estava sequer assustada, pensou com amargura. E olha que era ele quem tinha todos os poderes. Todas as defesas.

— Mendigos — concluiu Galen, de modo sério. — Ou pior. Precisamos prosseguir. Nos afastar do portão. Depois poderemos descansar. — Virou-se para o aprendiz. — Você consegue andar?

Envergonhado, Raffi se levantou. Sem dizer uma só palavra, Galen se virou e começou a caminhar.

Eles desceram três ruas compridas, atravessaram um labirinto de vielas cheias de ratos e cruzaram grandes praças, vazias e silenciosas, onde apenas uma fonte quebrada ainda gotejava. Com Galen

A CIDADE FERIDA

à frente, penetraram fundo na cidade, sem rumo determinado, procurando apenas por um lugar seguro. Em ambos os lados as portas eram negras e sinistras. Venezianas quebradas estalavam. Para Raffi, era um pesadelo de cansaço e dor; a escuridão era traiçoeira, nela moviam-se vozes e fantasmas que fatigavam seus sentidos e traziam, também, a lembrança de um grande desastre, de um horror que continuava a desprender-se dos muros e ruínas.

Por fim, Galen parou. Averiguando as sombras, encontrou um pequeno aposento nos fundos de uma construção — antigamente uma casa, com um jardim de plantas carbonizadas. Eles vasculharam o local duas vezes e não encontraram ninguém, mas o guardião não ficou satisfeito até bloquear a entrada com pedaços de madeira, da melhor forma que pôde. Então, sem sequer se darem ao trabalho de acender um fogo ou comer alguma coisa, os três se deitaram e dormiram.

Como se viesse das entranhas da terra, Raffi sentiu a cidade arder e estalar.

17

Muitas mentiras foram contadas sobre a queda de Tasceron. A verdade é que todas as armas que a Ordem tentou usar contra nós explodiram em seus rostos. Tal como irá acontecer com todos os seus engodos.

Mandamento dos Vigias

Diário de Carys Arrin
Dia de Cyrax (?), hora desconhecida
18/16/546

Era um plano maluco. Assim que Galen o explicou, percebi que seríamos capturados e, portanto, certifiquei-me de ser a primeira a passar.

Os Vigias do portão estavam atentos e sabiam como realizar o seu trabalho. Fui retirada de debaixo da carroça e arrastada até a torre em segundos, e precisei recorrer a toda a minha capacidade de argumentação para convencê-los de quem eu era. Claro que eu sabia as senhas e o nome de um dos generais Vigias, além de trazer meu distintivo de agente preso a uma correntinha sob minhas roupas. Mesmo assim, precisei suborná-los. Não contei a eles que Galen é um guardião, apenas que estava trabalhando disfarçada com dois espiões, os quais precisavam continuar acreditando que ninguém sabia nada a respeito deles.

Funcionou. Entramos, e Galen e Raffi não desconfiaram de nada. Mesmo assim, tenho certeza de que os Vigias do portão já devem ter vendido essa informação para alguém superior.

A CIDADE SOMBRIA

Os dois estão dormindo. O encontro com aquele ninho de horror assustou Raffi — acho que foi o choque. O guardião é duro demais com ele, o garoto ainda não está pronto para tudo isso. No barco, foi Raffi quem lançou o encanto para afastar a neblina.

Isso me incomodou. Está claro que os Vigias mentiram para nós, o que me deixa furiosa. A Ordem tem poderes, e eles são reais. Só posso imaginar: o que mais eles esconderam de mim? Os Vigias querem todas as relíquias — para destruí-las, dizem nossos professores —, contudo, tenho minhas dúvidas. E se algum dos comandantes quiser o poder para si?

O que estou dizendo é uma heresia, eu sei. Se alguém mais ler isso, estarei arruinada. Conheci um garoto certa vez, numa das Casas dos Vigias; esqueci o nome dele. Tínhamos cerca de 7 anos, e o episódio aconteceu no sinistro pátio de pedras onde nos deixavam brincar por dez minutos cada dia. Éramos três, reunidos debaixo de um único casaco para nos aquecermos. O garoto falou que seu avô tinha lhe dito que os Criadores eram pessoas de verdade, com poderes imensos. E que ele achava que os Vigias estavam errados em matar tantos membros da Ordem.

Alguém deve ter relatado o que ele falou, porque uma semana depois o garoto foi levado, e nunca mais voltou. Como muitos outros...

A CIDADE FERIDA

— EU NÃO IMAGINAVA que você soubesse escrever.

Tomando um susto, Carys fechou o diário e se virou. Galen estava sentado, recostado na parede, observando-a. Por um momento, não soube que resposta dar. Mas, então, o treinamento se fez valer; ela sacudiu a cabeça e riu.

— Você me assustou!

— Desculpe.

Ela meteu o diário no alforje.

— Minha mãe me ensinou, há muito tempo. Não sei como ela aprendeu... provavelmente com alguém da Ordem. Havia muitos guardiões quando eu era pequena.

— Havia mesmo. — Galen franziu o cenho e coçou o queixo com a barba por fazer. — Mas acho que não conheço essa língua.

Carys o fitou por alguns instantes. Em seguida, falou:

— É que eu escrevo em código.

— Código?

— É, fui eu que inventei. Para o caso de os Vigias algum dia botarem as mãos nele. É o relato da minha busca.

— Então nós somos mencionados... o garoto e eu?

— Só de passagem. — Ela fez que não com a cabeça. — Eu mudei o nome de vocês. Além disso, ninguém jamais conseguirá ler o que está escrito.

— Espero que não. — Ele puxou a mochila para perto e começou a vasculhá-la. — Dizem que os Vigias têm especialistas em códigos e mensagens secretas. Se eles a pegarem com esse diário, você será forçada a dar explicações.

Carys anuiu.

— Você acha que eu devia me livrar dele.

O guardião entregou a ela um pedaço de pão.

— Seria o mais sábio a fazer.

Tentando mudar de assunto, ela perguntou:

— A gente não devia acordar o Raffi?

— Não. Deixe-o dormir.

Eles comeram em silêncio, atentos a qualquer barulho. O eco de algo batendo soou ao longe e, em determinado momento, Carys achou ter escutado vozes, porém a cidade continuava tão escura e silenciosa quanto antes. O único som era um leve gorgolejar, como se houvesse um curso de água nas proximidades. Ela sabia que deviam estar no meio da tarde; contudo, do lado de fora da porta bloqueada, a escuridão ainda reinava.

— Aqui nunca fica claro?

Galen fez que não. Sob a pequenina chama da vela, seu rosto de falcão parecia cansado e abatido; ele soltou os cabelos e correu os dedos por eles.

— Não. Desde a Destruição.

— O que foi que aconteceu? — perguntou ela, mastigando o pão endurecido.

— Você sabe. Pelo menos, devia saber.

— Conte de novo. — Ela sabia, mas estava curiosa para escutar a versão da Ordem sobre o ocorrido.

Galen a fitou de cara feia. Em seguida, começou:

— Os lugares mais sagrados para a Ordem estão aqui. Em algum lugar da cidade, enterradas sob camadas e mais camadas de escombros, estão as casas dos Criadores. A Casa das Árvores, a Nemeta, o Salão da Morte. Suas localizações exatas ninguém mais sabe. O palácio do Imperador ficava aqui também. Nas últimas horas do cerco, enquanto os homens lutavam nas ruas e o Imperador

A CIDADE FERIDA

já sabia que a guerra estava perdida, dizem que ele enviou uma mensagem para o arquiguardião Mardoc, alertando-o. Isso aconteceu por volta das oito horas da noite do dia de Pyras. Duas horas depois, o palácio caiu. O Imperador foi morto no portão da Fênix... você sabia disso, certo?

Ela fez que sim, em silêncio. O Imperador tinha sido morto por acidente, obra de um sargento imbecil. Furiosos, os comandantes haviam jogado o sujeito no poço dos demônios de Maar. Eles queriam o Imperador vivo.

— Então — continuou Galen, num tom mais baixo —, tarde da noite, enquanto as hordas dos Vigias pilhavam e saqueavam a cidade, aconteceu um grande tremor de terra. Prédios desabaram. Bairros inteiros ficaram em ruínas. Do solo, surgiu o fogo. E, de algum lugar nas profundezas dos corredores e salões do palácio, veio a escuridão. Dizem que ela se espalhou como tinta sobre um mapa, bloqueando as luas e estrelas, preenchendo as vielas, as casas, emanando dos porões, buracos e valas, dos bueiros e ralos.

"O que ela é, ou como foi liberada, ninguém sabe. Tampouco se sabe se isso estava previsto. Tanto se perdeu, Carys!" Ele suspirou e coçou o rosto. "O arquiguardião escapou. Mardoc foi capturado três meses depois e morreu sob tortura, mas não acredito que tenha contado a localização das Casas. Se tivesse, elas estariam em ruínas, e os Vigias estariam felizes da vida. Eles querem todo o poder que puderem conseguir." Cuspiu no chão com desprezo.

Carys ficou calada. Pegou mais um pedaço de pão.

— Os Vigias dizem que Mardoc tentou trazer os Criadores de volta. Que ele tinha uma relíquia tão poderosa que, se ela explodisse, a cidade queimaria para sempre.

A CIDADE SOMBRIA

— Típico! — Galen observou Raffi se mexer e virar de lado. — Mas Mardoc conseguiu escapar. Algo tão poderoso assim o teria matado.

— E quanto ao Corvo?

Ela falou de modo lento e deliberado. Raffi, já meio acordado, a fitou boquiaberto. Galen pousou os olhos novamente nela.

— O que tem ele? — perguntou o guardião, após uma pausa fria.

Carys sorriu, mas Raffi notou que ela ficara perturbada.

— Tudo bem. Preciso confessar. Na casa da Lerin, fiquei escutando atrás da porta.

Galen fechou a mão em volta do cajado; por um momento, Raffi achou que ele o usaria para bater nela e se levantou, ofegante:

— Não!

Carys, por sua vez, riu com desdém.

— Não sou sua pupila, Galen. Não pense que pode me fazer calar à força.

O guardião a fitou, e Raffi percebeu um leve ar de raiva e desespero. Por fim, numa voz colérica, ele perguntou:

— O que você escutou?

— Que o Corvo está aqui, em Tasceron. Que você recebeu mensagens. E acha, se conseguir encontrá-lo, que ele poderá ajudá-lo a destruir os Vigias.

Ela se inclinou para a frente, os cabelos brilhantes sob a chama da vela.

— Só isso. Sinto muito, Galen, mas eu precisava saber o que estava acontecendo! Estou aqui para encontrar o meu pai, e não sei por onde começar. Mas o Corvo! Com ele, nós poderíamos fazer qualquer coisa!

A CIDADE FERIDA

O silêncio que se seguiu foi constrangedor. Raffi se enrolou nos cobertores e esfregou o rosto de maneira ansiosa com a mão imunda. Galen continuou sentado, absolutamente imóvel, observando Carys com uma expressão tão amarga que ela aproximou, disfarçadamente, a mão da balestra. Ao falar, a voz dele soou dura.

— Não me espione de novo, garota. Jamais.

A ameaça foi fria e real. Arrepiada, ela fez que sim. Precisou reunir toda a sua coragem para dizer:

— Quero ficar com vocês. Quero ajudar.

Mas Galen se levantou num gesto súbito. Com a ajuda do cajado, soltou a madeira que usara para cobrir a porta.

— Fiquem aqui. Já volto.

— Aonde você vai? — perguntou o aprendiz.

— Vou sair! — O guardião o encarou, sério. — Preciso de ar!

Assim que ele saiu, os dois relaxaram. Raffi tomou um pouco de água e passou o cantil para Carys; ajoelhando-se, puxou a mochila para pegar um pedaço de pão.

— Você acha que eu fiz errado em contar? — perguntou ela, baixinho.

Ele deu de ombros.

— Não sei. Nós teríamos que lhe dar uma explicação de qualquer jeito. Além disso, Galen é um guardião, ele teria descoberto.

— Mas ele não tinha descoberto até agora — ela revidou de modo seco.

O aprendiz olhou de relance para ela e, em seguida, desviou os olhos.

— Como você pôde fazer uma coisa dessas, Carys?! Escutar atrás da porta?! Nós pensávamos que podíamos confiar em você!

Baixando os olhos para o cantil, Carys respondeu:
— Vocês podem. Claro que podem.

GALEN FICOU FORA um longo tempo. Ao retornar, não falou mais nada sobre Carys nem sobre o Corvo. Agachou-se e meteu os cobertores na mochila.

— Encontrei uma fonte ainda funcionando não muito longe daqui. A água é escura, mas bebível. E vocês podem se lavar.

Os cabelos dele estavam molhados e o rosto, limpo.

— E depois? — indagou Carys.

Ele a encarou com ferocidade.

— Você irá descobrir.

Seguindo o gorgolejar da água, cruzaram um labirinto de pequenas ruas e deram num espaço aberto entre prédios altos, cujos topos desapareciam em meio à fumaça. A água da fonte era surpreendentemente quente e jorrava por canos e buracos entre as pedras que um dia tinham sido brancas, mas que agora encontravam-se cobertas de fuligem. Carys e Raffi beberam e lavaram os braços e o rosto, enquanto Galen vigiava, observando as ruas estreitas com atenção. A água tinha um sabor acre, meio salobro, apesar do musgo verde que crescia em volta da fonte.

Depois que eles terminaram de se lavar e vestiram os casacos, Galen disse:

— Agora, prestem atenção. Nosso objetivo é a antiga cidadela e as ruínas do palácio. Elas devem estar em algum lugar ao sul, no coração da cidade. Isso pode levar dias. Quanto mais fundo penetrarmos, mais perigoso será. Podemos contar com as patrulhas dos Vigias, é claro, mas suspeito que elas se restrinjam às ruas mais

A CIDADE FERIDA

largas. Até mesmo eles devem temer os outros seres que existem aqui.

— Tem mais gente aqui? — murmurou Carys, olhando para as ruazinhas escuras.

— Não seja tola. Há muita gente: ladrões, embusteiros, assassinos, toda espécie de corja humana. E loucos... esse lugar é assombrado por eles. Há outros tipos de criaturas também... feras enormes e deformadas pela grande Destruição, seres que a escuridão tornou selvagens. Tasceron não é chamada de Cidade do Mal à toa.

Carys fez uma careta e verificou sua balestra. Galen puxou Raffi para o lado.

— Linhas de proteção. O máximo que você conseguir.

Raffi anuiu com um triste meneio de cabeça.

— O problema são os prédios... ou a escuridão... alguma coisa está me atrapalhando. Há ecos demais aqui.

— Tente! Nós dependemos de você!

Carys os observava. O guardião pegou a mochila e a pendurou no ombro. Em seguida, se empertigou, uma figura alta em meio a uma penumbra enfumaçada.

— Fiquem perto. E em silêncio.

Seguiram por uma viela estreita que fedia a decomposição e dingos — as matilhas de pequenos cães selvagens que Raffi vira uma vez antes. Na metade do caminho, perceberam que a passagem estava bloqueada por pedaços de madeira; após passarem rastejando por debaixo da madeira, viram-se numa encruzilhada. Seis ruas partiam daquele ponto como as hastes de uma roda, todas envoltas em escuridão. Reinava o silêncio.

Com um rápido olhar de relance para Raffi, Galen seguiu para a da extrema esquerda. Uma olhadela rápida. Mas Carys notou.

A CIDADE SOMBRIA

No decorrer das horas seguintes, ela teve certeza de que era Raffi quem os estava guiando. Tentar sentir a direção certa na eterna penumbra de Tasceron era quase impossível – não havia luz alguma, nem das luas nem do sol, e o labirinto de prédios era intrincado e desconhecido. Contudo, a alma dos guardiões estava ligada à terra, em contato com as pedras, as árvores e o solo, o que os tornava capazes de sentir as linhas magnéticas dentro de si. Pelo menos, era o que diziam. Assim sendo, Raffi sabia para que direção ficava o sul. Mas, e Galen? Em determinado momento, ele passou direto por uma esquina e Raffi precisou chamá-lo de volta; foi então que ela viu algo em seu rosto que a deixou intrigada e arrepiada. Uma infelicidade quase desesperadora.

Mas não havia tempo para pensar sobre isso. Eles logo descobriram que Tasceron era habitada. Ao virarem outra esquina, escutaram vozes e rapidamente se esconderam nas sombras. Observaram um grupo de homens armados passar por entre as casas. Eles usavam sobras de armaduras, amassadas e enferrujadas; alguns usavam também sobretudos e coletes puídos, feitos com o que parecia ser pele de dingo. Dois deles estavam de capacete.

Eram os Vigias. De perto, pareciam um bando de maltrapilhos, mas se moviam com rapidez e disciplina; portavam espadas bem-polidas e vinham puxando uma fileira de prisioneiros amarrados pelos pulsos e pela cintura. Ao vê-los, Raffi estremeceu e pressionou as costas ainda mais contra a parede.

O som dos passos da patrulha ecoou através das ruínas por um longo tempo. Por fim, Galen falou:

— Sorte a nossa que eles não tinham cachorros.

O episódio fez com que prosseguissem com mais cuidado. O labirinto de pátios e vielas escuras deixou Carys desnorteada, pois ela jamais seria capaz de encontrar o caminho de volta. Eles andaram por horas; o mundo se reduzira a tijolos, escombros, escadas e esqueletos deprimentes de jardins enegrecidos e carbonizados. Em dado momento, escutaram um forte rugido ao longe; pararam, petrificados, mas ele não se repetiu. Ratos zanzavam entre os escombros das casas, nuvens de insetos agressivos infestavam algumas áreas e, por todos os lados, corujas piavam – corujas enormes e cinzentas caçando silenciosamente nos becos escuros.

Atravessaram dois rios com as pontes em ruínas; pelos buracos entre os pés, dava para ver a corrente de água negra e oleosa. Na segunda ponte, uma criatura surgiu do nada e agarrou Raffi, murmurando palavras sem sentido; Galen acertou-lhe um golpe com o cajado e ela fugiu de volta para a escuridão.

Os três saíram em disparada, até se verem longe do lugar.

– Que foi aquilo? – Carys ofegou.

O guardião fez sinal para que ela ficasse quieta, enquanto escutava os ecos intermináveis de seus próprios passos.

– Você está bem? – ela perguntou a Raffi num sussurro.

Ele fez que sim, cansado.

– Que lugar é esse? Será que o Corvo está aqui mesmo?

Galen, porém, já partira, e os dois correram para alcançá-lo.

Passado algum tempo, fizeram uma pequena pausa para comer, mas logo em seguida prosseguiram, escolhendo, sempre que podiam, as ruas mais abertas. Alguns becos tinham um cheiro tão tenebroso, um fedor associado a uma fumaça negra, que Galen procurava evitá-los, mesmo que isso lhes custasse tempo.

De repente, Carys parou debaixo da marquise de uma das casas. Suas botas estavam cobertas de musgo, o que a fazia escorregar. Enquanto o raspava às pressas, a escuridão se fechou à sua volta.

A CIDADE SOMBRIA

Ela ergueu os olhos e observou, paralisada pelo choque. A criatura era enorme, preta e alada. Olhos pequenos brilhavam na cara demoníaca; ela se lançou sobre Carys com as garras em forma de gancho.

— Abaixe-se!

O grito de Galen a fez atirar-se ao chão. A criatura passou por cima dela com uma baforada fétida, soltando um guincho selvagem e assustador. Rolando para o lado, Carys armou a balestra. No segundo ataque, as garras arranharam seu rosto; ela a afastou com um chute e atirou. A criatura guinchou, uma mancha negra destacada contra a escuridão.

— Corra! — berrou Galen. — Ele não está sozinho!

Carys se levantou e saiu mancando atrás do guardião. Enquanto pulava uma parede em ruínas, tateou em busca de outra flecha. Ao erguer os olhos, seu corpo inteiro se arrepiou. O céu estava infestado daquelas coisas. Com um guincho, elas se lançavam num mergulho silencioso, tão veloz que era quase impossível enxergá-las.

A rua terminava numa curva. Carys virou a esquina correndo e quase colidiu contra Raffi. Soltou um grito e baixou a cabeça ao sentir as garras de uma das criaturas passarem rente aos seus cabelos, acompanhadas por um guincho baixo. Logo em seguida, bateu de cara numa parede. Virando-se, escorregou para o chão e levantou a balestra, escutando os gritos furiosos de Galen.

Era um beco sem saída.

Eles estavam encurralados.

18

Da escuridão, virá a Luz..
E os peregrinos caminharão
pelas Estradas do Céu.

Apocalipse de Tamar

RAFFI PRESSIONOU AS costas contra a parede ao lado de Carys. Ela havia erguido a balestra; em um segundo, ele viu a flecha desaparecer. Contudo, eram tantos guinchos que não dava para saber se alguma das criaturas tinha sido alvejada.

Galen se agachou ao lado dele, cobrindo a cabeça com os braços.

— Luzes! — gritou. — O encanto das luzes!

O aprendiz estava atônito.

— Não consigo!

— TENTE!

Ele tentou. Buscou o terceiro olho, enterrado fundo em sua mente. Abri-lo levou uma eternidade. Escutou ao longe os guinchos das criaturas e os gritos raivosos de Carys. Conseguiu conjurar uma pequena luz roxa e se agarrou a ela, fazendo-a aumentar de tamanho e intensidade. Então, ela pairou na escuridão à sua frente, pulsando, se expandindo; a bola de luz brilhava e estalava, e, por um breve momento, ele viu Galen se virar e Carys arregalar os olhos, perplexa. O globo pálido cintilava no beco escuro;

seu reflexo incidiu sobre um par de asas negras que investiu contra ele. Tomando um susto, Raffi bateu a cabeça contra a parede e se desconcentrou, tonto.

O globo de luz se desfez como uma bolha de sabão.

A escuridão os engoliu. Guinchos ressoaram no céu.

— Faça alguma coisa! — Carys estava agachada ao lado de Raffi, o rosto cortado virado para cima. — Você é o guardião, Galen! — gritou, furiosa. — Faça alguma coisa!

Seus olhos se encontraram. Nesse instante, ela soube, sem sombra de dúvida, que não havia nada que ele pudesse fazer. Galen estava indefeso.

E, então, num impulso, ele se levantou e se afastou da parede.

A luz surgiu nesse exato momento. Ela brilhou de repente, um grande facho de luz amarela e resplandecente, a primeira que eles viam em dias, e que os deixou momentaneamente cegos ao iluminar o beco imundo, derramando-se sobre o musgo ressecado e sobre as paredes enegrecidas, e sobre Galen, que se virou de supetão, o rosto aquilino destacado pelo jogo de luz e sombras. Acima deles, as criaturas noturnas gritaram, furiosas. Eles ainda tiveram um último vislumbre de suas garras e asas, e então elas desapareceram.

O silêncio voltou a reinar. Com cuidado, Carys se levantou. Raffi a imitou, apoiando uma das mãos na parede.

— Estou interrompendo vocês? — uma voz seca perguntou da entrada de uma casa

Ninguém respondeu. O homem soltou uma estranha risada e saiu para a rua, fazendo Raffi esquecer a dor de cabeça.

Não era um homem, e sim um Sekoi.

Ele era um pouco mais alto do que Galen, e magro, com aquela expressão faminta que todos eles tinham. Segurava uma lanterna

A CIDADE FERIDA

na mão comprida, de sete dedos. O rosto astuto exibia uma marca em zigue-zague sob um dos olhos; o pelo curto era rajado e cinzento. Vestia roupas velhas, feitas com retalhos de tecidos verdes e marrons.

— Entrem — convidou. — Entrem.

Passado um segundo, Carys obedeceu; os outros a seguiram, e o Sekoi trancou a porta.

Galen tentou se desfazer do choque.

— Devíamos lhe agradecer — murmurou.

— É verdade. Vocês me devem suas vidas, guardião. — Ele apontou um dedo magro para o peito de Galen e sorriu.

O guardião bufou.

— O que te faz pensar...

O Sekoi aproximou a pequena boca da orelha do guardião e sussurrou de modo solene:

— Uma coruja me contou. — Ele disse isso com um estranho ronronado de satisfação, os olhos brilhantes. Galen pareceu enojado.

— Que bichos eram aqueles? — Carys limpou o sangue que escorria por seu rosto.

— Nós os chamamos de dracos. — O Sekoi a observou com atenção. — Meio pássaros, meio monstros. Criaturas horripilantes e perigosas... uma das experiências fracassadas de Kest. Pelo menos eles não gostam da luz.

— É bom saber — murmurou ela.

Ele se virou, fazendo o facho da lanterna balançar.

— Vamos subir.

Eles estavam num pequeno aposento com uma escada em espiral num dos cantos. O Sekoi começou a subir rapidamente e os três o seguiram, a luz da lanterna refletindo-se nas paredes à frente.

A CIDADE SOMBRIA

Após cinco minutos, estavam ofegantes, as pernas pesadas como chumbo; Galen mancava terrivelmente. Por fim, ao contornarem a última curva da escada, encontraram o Sekoi recostado numa parede, roendo as unhas enquanto esperava.

Ele abriu um sorriso amigável.

— Cansados? Ainda falta muito.

— Para onde estamos indo? — Carys exigiu saber.

— Para um lugar seguro. — Ele pegou a lanterna. — Cuidado com os buracos.

Com o Sekoi como guia, eles cruzaram um arco e se viram num cômodo estranho, onde o piso de madeira parecia ter sido colocado sobre um chão inclinado e irregular. O teto era tão baixo que só dava para passar engatinhando. Ao enfiar a mão num buraco e sentir apenas o vazio, Raffi imaginou que o piso em si devia ser o teto de alguma abóbada ou domo. A poeira era tão grossa que suas mãos deixavam marcas, e a lanterna, pendurada no pescoço do Sekoi, produzia sombras estranhas e ondulantes.

Eles atravessaram três cômodos semelhantes, cada um mais apertado do que o anterior. No último, o teto era tão baixo que arranhava suas costas. Galen parou.

— Para onde você está nos levando? — rosnou.

O facho da lanterna iluminou o sorriso do Sekoi.

— O segredo da segurança está no sigilo, guardião, você sabe. — Ele se virou e continuou engatinhando. Galen apertou o cajado e xingou.

Por fim, o Sekoi chegou a uma pequena porta e a abriu.

— Se vocês têm medo de altura — disse, numa voz abafada —, não olhem para baixo.

Depois de passar pela porta e se levantar, aliviado, Raffi notou que eles estavam numa varanda curva; à esquerda ficava a grade

A CIDADE FERIDA

de proteção e à direita, uma parede com pontos brilhantes aqui e ali. Viu vestígios de rostos e mãos gigantescas, em tons de dourado, vermelho e azul. Galen agarrou o Sekoi pelo braço.

— O que é isso? — perguntou, a voz ecoando na vasta imensidão.

O Sekoi o fitou com impaciência e ergueu a lanterna.

— Mosaicos. Imagens. Do povo das estrelas. Aqueles que vocês chamam de Criadores. Esse é Flain, veja.

Atônito, Galen fez o sinal da paz e Raffi o imitou. Sob a luz fraca, o rosto gigantesco, feito de mármore, pórfiro e pedras preciosas, os encarava com austeridade. Partes tinham sido arrancadas. Ao fitar os olhos enormes, o aprendiz sentiu os ecos das antigas linhas de proteção. Virando, aproximou-se da grade e se debruçou.

— Cuidado! — avisou o Sekoi.

Uma imensidão de trevas. Raffi sentiu uma lufada de vento; as distâncias eram assustadoras, o chão estava tão longe que ele fechou os dedos gelados com força em torno da grade, sentindo o mundo girar. Manteve-se assim por alguns instantes, tonto.

Eles estavam sobre um antigo templo, agora reduzido a um enorme salão vazio. O vento soprava pelas janelas quebradas. Mesmo no escuro, Raffi distinguiu alguns pilares, altares caídos e estátuas destruídas. Chocado, olhou para baixo, sentindo Galen a seu lado.

— Um dos nossos templos.

— Costumava ser. — O guardião estava arrepiado; a destruição o enchia de amargura.

— Vamos lá. — O Sekoi deu um tapinha nas costas deles. — Mantenham-se longe da grade. Ela pode se quebrar.

A CIDADE SOMBRIA

Eles seguiram o brilho da lanterna, diminuto em contraste com a imensa curva do domo, agarrando-se às paredes nos lugares onde a grade de proteção estava quebrada e a plataforma dava para um imenso vazio. Em determinado momento, escutaram um leve tilintar de algo batendo em meio à escuridão lá embaixo. O Sekoi jogou o casaco sobre a lanterna; ofegantes, eles esperaram num completo breu.

— Ratos — Carys suspirou, por fim.

O Sekoi fungou.

— Talvez — replicou baixinho.

Eles prosseguiram com mais cuidado. Subiram outro conjunto de escadas intermináveis, dessa vez entre paredes apertadas. Ao chegarem ao topo, o Sekoi apagou a lanterna.

— O que você está fazendo? — Galen rosnou no escuro.

Eles escutaram uma porta sendo destrancada. Um buraco se abriu na parede e, para surpresa de todos, a luz do sol os cegou. Com um grito maravilhado, Carys correu em direção a ela e saiu para um telhado imenso que se estendia a perder de vista. O sol brilhava, e nuvens esparsas pontilhavam o firmamento. Eram cerca de três da tarde, e uma das luas cintilava alto no céu como um leve borrão de giz.

— Estamos acima da escuridão! — Raffi deu um passo à frente, boquiaberto.

O ar era claro e frio. Bem ao longe, as montanhas destacavam-se verdes sob o sol. A gama de cores deixou o aprendiz maravilhado. Ele correu até o parapeito e olhou para baixo. Viu apenas a fumaça e as trevas de Tasceron; um vapor negro, em meio ao qual se erguiam pináculos, domos, telhados altos e torres delgadas e, unindo tudo isso, um fantástico conjunto de escadas, pontes, passarelas e cordas suspenso no céu.

A CIDADE FERIDA

— O que é isso? – perguntou Galen.

— O jeito como os Sekoi viajam. Nós também não gostamos da escuridão, guardião. Assim sendo, quando a gente vem à cidade, ficamos aqui em cima. O que não acontece com frequência. – Ele se virou com graciosidade. – Minha tribo construiu isso. No momento, sou o único aqui.

Sobre o telhado havia várias tendas costuradas a partir de pedaços de panos, assim como algumas cabanas maiores, feitas com tábuas de madeira toscamente pregadas. O Sekoi os levou até a cabana mais próxima, entrou e pegou algumas almofadas.

— Fiquem à vontade – dizendo isso, voltou para dentro da cabana.

Sentindo-se subitamente esgotado, Raffi juntou as almofadas, deitou-se confortavelmente e fechou os olhos para apreciar o calor do sol. Galen se sentou a seu lado e esticou a perna dolorida. Carys ficou observando.

O guardião olhou para ela, fazendo com que se sentisse estranha e desconfortável. Por fim, Carys murmurou:

— Você devia ter me contado.

— Contado o quê?

— Você, não. Ele.

Os olhos de Galen eram negros como os de um pássaro; ele puxou os colares de cristais verdes e pedras de azeviche de dentro do casaco e correu os dedos sobre eles.

— Isso não te diz respeito – replicou de modo feroz.

Raffi se sentou. Ansioso, observou os dois.

— Claro que diz – revidou ela. – Estamos nisso juntos. Se eu soubesse que você tinha perdido todos...

A CIDADE SOMBRIA

O olhar do guardião a fez se calar. Raffi desviou os olhos.

– Quando você descobriu? – murmurou o guardião.

– Quando a gente estava lá embaixo, no beco. Embora eu já desconfiasse de que havia algo errado. – Carys manteve os olhos fixos nos de Galen. – Não é de admirar que você esteja tão desesperado para encontrar o Corvo.

Antes que ele pudesse responder, o Sekoi reapareceu, trazendo um grande prato de frutas.

– Isso é tudo o que o meu povo come – explicou –, portanto, vai ter que dar.

– Onde você as conseguiu? – perguntou Raffi, pegando uma maçã.

– De várias formas. Algumas eu trouxe comigo. Há também lugares para se comprar na cidade, mas eles duram pouco tempo, são furtivos e sujos. O tipo de lugar onde você é apunhalado pelas costas. Não é seguro.

Carys pegou uma fruta e a comeu, esfomeada; Galen mastigava devagar e em silêncio. A água fresca e ligeiramente adocicada fez Raffi perceber como estava com sede.

Quando já não restava mais nada no prato, o Sekoi disse:

– Como vai o querido Alberic?

Galen ergueu os olhos.

– Como você sabe tanto sobre a gente?

Ele ronronou de novo, coçando o pelo do pescoço com os dedos compridos.

– A Ordem possui muitos segredos, guardião, assim como nós. Eu sabia que Alberic enviaria alguém atrás de mim. Ele, por sua vez, sabia que eu traria o ouro para cá. E, como eu disse, as corujas me contaram que você estava nas redondezas. – Ele riu, deixando à mostra dentes pequenos e afiados. – Mas imagino que eu não

A CIDADE FERIDA

seja seu principal interesse. Estou enganado ou acabei de ouvir a palavra *Corvo*?

Galen lançou um olhar furioso para Carys.

— Você não está enganado.

O Sekoi balançou a cabeça com tristeza.

— Foi tolice sua vir aqui, guardião. Não restou nada do tempo dos Criadores. Nós saberíamos.

O aprendiz se virou para Galen, que manteve uma expressão dura.

— Acho que está enganado. Amanhã, quero que nos leve a algum lugar onde possamos encontrar alguém da Ordem.

O Sekoi coçou o pelo sobre um dos olhos.

— A Ordem!

— Deve haver alguém ainda aqui.

Ele pareceu pensar por alguns instantes.

— Talvez. Mas vai ser perigoso.

— Ótimo. — Galen observou o sol mergulhar preguiçosamente atrás de uma nuvem. — Melhor ainda.

Diário de Carys Arrin
Data desconhecida

Galen medita por horas a fio. Suas orações são tudo o que lhe resta. Não fico feliz por ter descoberto isso. Embora torne as coisas mais fáceis para mim e explique muito...

Em suma, estou com pena dele.

Devo estar amolecendo.

19

Vocês irão descobrir que os Sekoi quase sempre podem ser subornados — sua ganância por ouro é bastante conhecida. Contudo, o que fazem com ele e onde o escondem ninguém sabe. Sua habilidade para contar histórias é uma forma de hipnose capaz de afetar quem não está preparado. Mantenham-se longe deles. Eles não são importantes.

Mandamento dos Vigias

QUANDO RAFFI ACORDOU, o Sekoi estava sentado a seu lado, com o queixo apoiado sobre as mãos de dedos compridos.

— Até que enfim você acordou.

Carys andava de um lado para outro, impaciente, enquanto Galen recitava a litania da manhã, sentado de pernas cruzadas num dos cantos do telhado. Levantando-se, o Sekoi falou:

— Sinto dizer que não tenho mais comida alguma para oferecer. Não seria melhor partirmos logo?

— Espere. — Galen catou na mochila as sobras da comida que Lerin lhe dera e as espalhou em volta. O Sekoi pegou um pequeno pedaço de queijo e o mastigou devagarinho, fazendo algumas caretas. Armando-se de coragem, engoliu.

— Delicioso.

— Está ressecado — murmurou Raffi.

— Jura? — O pelo do rosto da criatura era bonito. O aprendiz reparou no brilho amarelado dos olhos. De repente, ele disse: — Acho melhor contar logo que os Vigias já sabem que vocês estão aqui.

A CIDADE SOMBRIA

Galen quase engasgou.
— Aqui?
— Na cidade.
— Como? — Raffi ofegou.
— Alguém deve ter falado.
— Mas ninguém nos viu!
O Sekoi ronronou, divertido.
— Não seja ingênuo, jovem aprendiz. Muitos os viram. Vocês podem não ter visto ninguém, mas a cidade tem olhos e espiões por toda parte. Escutei dizer que há patrulhas à procura de vocês.

Galen pareceu desolado. Correu uma das mãos pelos cabelos negros. Carys desviou os olhos. Seu coração martelava, mas ela manteve a calma. Só podiam ter sido os Vigias do portão. Pensou por alguns instantes sobre o que deveria fazer. Agora alguém com uma patente mais alta sabia que ela estava ali — mas não sabia quem os outros eram; não ainda. De qualquer forma, isso tornaria as coisas mais difíceis. Haveria patrulhas por todos os lados.

Como se tivesse lido seu pensamento, o Sekoi se levantou e se espreguiçou demoradamente.

— Não há patrulhas no nosso caminho, mestres. — Virou-se e brandiu a mão, indicando a imensidão ao redor. — Nós viajamos pelo céu.

O sol brilhava sobre os picos mais altos da cidade, que despontavam das trevas abaixo. O Sekoi conduziu-os até um dos cantos do telhado e, com um salto elegante, passou para uma pequena ponte que balançou sob seu peso. Raffi o seguiu. Agarrando-se à corda para se firmar, olhou de relance para baixo e viu que o espaço entre os telhados estava totalmente preenchido pelas espirais de fumaça.

A CIDADE FERIDA

Não faz a menor diferença, pensou, imaginando a altura em que eles se encontravam.

– Mexa-se – gritou Galen. – Anda.

Raffi fez uma careta. O humor do Mestre das Relíquias estava piorando a cada dia.

ELES SEGUIRAM O Sekoi pela intrincada estrada celeste durante a manhã inteira. Era um verdadeiro quebra-cabeça de estruturas, com uma série de pontes, cordas, tábuas e escadas com degraus instáveis e desgastados pelo tempo, os quais contornavam domos e torres em situação precária, cobertos por ninhos de pássaros e manchas de chuva, e impregnados com o fedor da fumaça que vinha de baixo. Prosseguiram entre chaminés, ladrilhos rachados, balaustradas e varandas, campanários onde ainda se viam sinos quebrados, imundos de tanto cocô de passarinho e silenciosos desde a queda da cidade. O ar no alto era fresco e revigorante; Raffi sentia-se quase feliz só por estar novamente sob a luz do sol. Conseguia ver tudo, sabia onde estava. Podia sentir as linhas de proteção flutuando entre as nuvens.

No entanto, passado um tempo, ele notou que a estrada estava chegando ao fim. Um número cada vez menor de prédios erguia-se das trevas, e algumas das escadas aéreas estavam quebradas. Por duas vezes eles tiveram que dar meia-volta e retornar. Em determinado momento, o Sekoi parou junto ao parapeito de um pequeno domo e estendeu a mão peluda para ajudar Raffi a subir.

– Não está tonto?

O aprendiz fez que não.

A CIDADE SOMBRIA

— Estaria se pudesse ver o chão.

— Oh! — A criatura se debruçou e olhou para baixo. — Então até mesmo a escuridão tem sua utilidade. Essa é uma ideia que deveria constar na sua Litania. — Lançou um rápido olhar por cima do ombro para Galen. — Imagino se o mesmo vale para todos os tipos de coisas sombrias.

Raffi apenas encarou o Sekoi, que retribuiu com uma piscadinha, mas não disse mais nada. Após alguns instantes, o aprendiz falou:

— Você não disse o seu nome.

— Nós não dizemos nossos nomes, jovem aprendiz. Não para quem é de fora. — Ele bateu sobre a marca em zigue-zague debaixo do olho. — Esse é o meu nome. Para vocês, soaria como um rosnado. Ele não lhe ensinou muita coisa a nosso respeito, ensinou?

— Os Sekoi odeiam a água e o escuro — Raffi recitou rapidamente. — Arriscam a própria alma por ouro e contam mentiras elaboradas.

A criatura se encolheu.

— Entendo. — Fez uma pequena careta. — Bom, a informação está correta. O ouro é importante para nós. As mazelas de Kest afetaram a todos, até mesmo nós, que já estávamos aqui antes dos Homens das Estrelas. Mas, agora, sinto dizer que chegamos ao fim da linha. Venha e veja.

Sem esperar pelos outros, o Sekoi contornou o domo, equilibrando-se com facilidade sobre o parapeito estreito e rachado, colocando com destreza um pé na frente do outro. Raffi o seguiu com extremo cuidado, os braços abertos, segurando-se nos relevos e rostos esculpidos que se desfaziam sob suas mãos. Ofegante, sentindo o vento açoitá-lo, prosseguiu de lado até um ponto em que o parapeito era mais largo, e ali encontrou o Sekoi sentado, com as pernas balançando sobre o abismo.

A CIDADE FERIDA

— Aí — ele falou baixinho. — A grande ferida.

Adiante, a escuridão estendia-se de maneira uniforme até onde eles conseguiam ver. Bem ao longe, o sol incidia sobre os topos de outras torres, porém o coração da cidade encontrava-se envolto em trevas, sem nenhuma construção alta o suficiente que atravessasse a eterna penumbra. Ali a escuridão era vasta; elevava-se em espirais de fumaça tão densas que se tinha a impressão de ser possível caminhar sobre elas.

— E agora? A gente desce de novo? — perguntou Carys. Ela se aproximara silenciosamente e observava Galen equilibrar-se com o cajado pendurado nas costas.

— Sim, de volta para o chão — respondeu o Sekoi, melancolicamente. — Isto é, se vocês ainda quiserem fazer isso.

— Queremos — declarou o guardião sem pestanejar.

— Que pena! Há muitos perigos lá embaixo.

— Isso não me assusta — rosnou Galen.

O Sekoi se virou para Raffi e ergueu uma sobrancelha.

— Se você diz.

Uma porta no meio do domo os conduziu a uma escada, que eles começaram a descer. Após alguns minutos, a luminosidade enfraqueceu; assim que passaram pela terceira janela rachada, viram-se novamente imersos na escuridão, de modo que o Sekoi precisou acender a lanterna e erguê-la para que pudessem continuar. Ratos zanzavam pelos degraus.

Raffi foi tomado pelo desânimo ao ver-se, mais uma vez, cercado pelas trevas. As linhas de proteção enfraqueceram. O fedor de algo podre que vinha de baixo o deixou com vontade de vomitar. Ao chegar à base da escada, o Sekoi apagou a lanterna e a guardou. Após atravessarem um labirinto de curvas e viradas, eles se viram num pátio em ruínas. Passaram por pilastras quebradas e a coluna enviesada de um relógio de sol, até que o Sekoi parou sob um portal. Adiante, o caminho estava um breu.

— E agora, para onde? — murmurou Galen.

A criatura virou-se e falou:

— Há um armazém a algumas ruas daqui. Um lugar onde o meu povo se reúne. Talvez encontremos alguém que possa nos ajudar. Lembrem-se, fiquem quietos.

Eles andavam juntos uns dos outros. Depois do tempo passado sob a luz do sol, Raffi sentia como se tivesse ficado cego. Contudo, pouco a pouco as silhuetas das paredes foram sobressaindo na escuridão. Cruzaram em silêncio uma rua comprida que um dia fora cheia de lojas, agora meros buracos expostos ao vento onde o lixo se acumulava. A rua era estreita e pavimentada, estendendo-se entre prédios altos e sombrios. Uma veneziana batendo quebrava o silêncio; um amontoado de folhas entupia o escoamento da fonte.

Na metade do caminho, o Sekoi virou à direita e passou por um buraco ainda mais escuro. Um estranho portal arqueado cobria a entrada e, sob ele, Raffi viu algumas palavras lindamente escavadas na pedra: "rua do Arco", ainda nítidas após séculos.

Galen parou e apontou, admirado.

— Olhe isso, Raffi.

Logo acima do nome da rua havia um nicho com os destroços de uma estátua. Embora fossem meros fragmentos, Raffi soube imediatamente do que se tratava: Soren, com os braços carregados de flores. Um dos lírios esculpidos na pedra continuava em perfeitas condições.

— Andem logo — sussurrou o Sekoi.

A CIDADE FERIDA

Enquanto o seguia, Raffi tentou imaginar a cidade do jeito como ela havia sido, iluminada pela luz do sol, repleta de estátuas brilhantes dos Criadores, com suas fontes jorrando uma água limpa e potável e as ruas abarrotadas de peregrinos. Por alguns instantes, conseguiu visualizar tudo isso, o que tornou a escuridão ainda pior.

Distraído, ele já ia passando à frente dos outros, mas Carys o segurou. Eles estavam reunidos diante de uma porta estreita. O Sekoi bateu duas vezes, com ritmos diferentes. Em seguida, bateu mais quatro vezes.

Eles esperaram, ansiosos, na rua sombria. Ao olhar por cima do ombro, Carys notou que não daria para ver caso uma patrulha os estivesse observando. Lutando para se desvencilhar do pânico súbito, virou-se de volta.

Uma pequena portinhola se abriu sem um único barulho. O Sekoi murmurou alguns sons incompreensíveis. Segundos depois, a porta foi destrancada.

Eles nem chegaram a ver o segurança. O Sekoi conduziu-os por uma passagem escura; enquanto cruzavam um pátio em direção a uma segunda porta, escutaram a que ficara para trás ser novamente trancada. O Sekoi se virou, bloqueando a entrada.

— É melhor ficarem quietos. De qualquer forma, eles não vão falar com vocês. Sentem-se e observem. Tentem não prestar atenção.

Com esse estranho conselho, os quatro entraram. A sala era pequena, iluminada por velas verdes que produziam uma linda luz. Para alegria de Raffi, ela estava cheia de Sekoi; cerca de doze criaturas acomodadas em almofadas em torno de um fogo. Todos se viraram e olharam para os recém-chegados; em seguida, como se tivessem combinado, desviaram os olhos.

A CIDADE SOMBRIA

— Sentem-se — murmurou o Sekoi. Havia algumas almofadas vazias num dos cantos; Carys se acomodou em uma, puxando os joelhos para junto do corpo. A contadora de histórias, uma fêmea Sekoi sentada ao lado do fogo, não interrompeu a narrativa. Continuou falando naquela língua de estranhas consoantes ronronadas, brandindo uma das mãos, que fazia sombras interessantes.

Raffi observou, fascinado. Nunca vira tantos deles; percebeu os tons e padrões diferentes das pelagens, as pequenas marcas tribais. Não havia nenhum jovem entre eles. Nenhuma criança. Todos ostentavam uma expressão compenetrada, como se estivessem sonhando ou em alguma espécie de transe. Ninguém pareceu notar os viajantes.

Eventualmente a história chegou ao fim. Não houve aplausos, somente o silêncio, até que as criaturas começaram a conversar animadamente entre si.

— Por que eles estão nos ignorando? — perguntou Carys, irritada.

O Sekoi sorriu.

— Meu povo não mente. Se os Vigias perguntarem, eles poderão dizer que não conversaram com nenhum guardião, nenhum Homem das Estrelas.

Ele se levantou, atravessou a sala, puxou a contadora de histórias pelo braço e murmurou alguma coisa em seu ouvido.

Galen remexeu-se, inquieto.

— Estamos seguros aqui? O que você acha?

— Não consigo sentir nada. Não sei interpretá-los.

— Eu sabia. — O rosto aquilino do guardião tornou-se mais sombrio. — Bom, geralmente eles são confiáveis. Os Sekoi desprezam a maioria dos Homens das Estrelas, em especial os Vigias. Mas não a Ordem.

A CIDADE FERIDA

— Por que eles nos chamam de Homens das Estrelas? — indagou Carys.

— Porque os Criadores vieram do céu. Os Sekoi dizem que os viram chegar aqui. Eles têm várias histórias sobre isso. — Soltou uma risada dura. — Eles têm histórias sobre tudo.

Em meio ao tranquilo bate-papo, outro contador de histórias deu início a um relato; um Sekoi aparentemente velho começou a murmurar quase que consigo mesmo. Sentado ali, Raffi sentia o ritmo das palavras. A princípio, elas não significavam nada, porém, com a continuidade, as vozes de Galen e Carys desapareceram e a sala ondulou, como se fosse uma imagem dentro da água. Ele fechou e abriu os olhos, mas a ondulação continuou. Ao se virar para falar com Galen sobre isso, viu que o guardião sumira; à sua volta havia apenas uma colina escura sob as estrelas, coberta de neve, e com as sete luas acima formando o Anel.

O aprendiz tremeu de frio e sentiu seus pelos se arrepiarem, mas continuou observando a noite com suas cores novas, cores que só poderia descrever com palavras da língua Sekoi, as quais pronunciou em voz alta, maravilhado.

Uma luz se moveu no céu. A estrela aumentou de tamanho, aproximando-se, e o brilho e o zumbido emitidos por ela faziam a neve se soltar do topo das árvores; de repente, Raffi deu-se conta de como elas eram numerosas. A estrela terminou de baixar e pousou. O mundo inteiro estremeceu sob seu peso.

Ela se abriu e um homem saiu de dentro. Flain era alto, com cabelos compridos e brilhantes. Contudo, a simples visão dele fez os pelos da nuca de Raffi se arrepiarem. Estava esfregando o pescoço quando a mão de alguém o agarrou e disse:

— Raffi! Raffi!

A CIDADE SOMBRIA

Galen estava agachado a seu lado. Um pouco atrás, o Sekoi sorria:

— Eu te falei para não prestar atenção — ronronou ele.

Galen o fitou.

— Ele está bem?

— Ótimo. Não está?

Raffi fez que sim, confuso. Passou os olhos em volta; o contador de histórias continuava falando, mas agora as palavras eram incompreensíveis.

— Escutem — falou o Sekoi. — Disseram-me que vocês deveriam tentar a rua dos Cardadores de Lã. Talvez haja um contato lá. Precisamos procurar alguém chamado Anteus.

Galen anuiu com um menear de cabeça.

— E onde fica isso?

— Não muito longe daqui. Mas fica próximo a uma das torres dos Vigias. Eu posso levá-los lá.

O guardião o fitou com curiosidade.

— Por que você está nos ajudando?

O Sekoi estreitou os olhos amarelos.

— Porque os Vigias acham que somos animais inúteis. — Deu uma risadinha. — E, também, em memória a um amigo mútuo, Alberic.

— Você ainda está com o ouro dele? — perguntou Raffi.

Ele se empertigou, afrontado.

— O ouro é meu. Ele devia pagar seus contadores de histórias.

Carys riu. Gostaria de saber onde o ouro estava escondido. Seria uma informação muito útil. O Corvo, porém, era ainda melhor.

Eles voltaram para o meio da cidade e seguiram em direção à rua dos Cardadores de Lã. Todas as ruas pareciam iguais, mas,

A CIDADE FERIDA

ao cruzarem uma praça enorme e vazia, Raffi sentiu o espaço à sua volta e vários pares de olhos pregados em suas costas. Virou-se, mas tudo o que viu foi a escuridão.

Contou a Carys o que acabara de sentir. Ela então pegou a balestra que trazia pendurada no ombro e a carregou.

— Eu estava com medo disso.

— Se ao menos eu conseguisse sentir com mais nitidez!

— Achei que os guardiões fossem bons nisso.

— Não aqui.

Encontraram a rua. Ela era muito curta, delimitada por um muro baixo, com uma espécie de jardim malcuidado do outro lado; galhos secos se partiam sob seus pés. Eles a percorreram duas vezes, mas não havia casas nem portas.

Galen parou e apoiou-se no cajado.

— Bela dica essa dos Sekoi — reclamou, num tom amargo.

A criatura coçou o pelo, pensativa.

— Talvez estejamos procurando a coisa errada.

— Como assim?

— A sua Ordem não tem segredos, guardião? Símbolos, sinais? Coisa que as pessoas de fora desconhecem?

Galen se empertigou.

— Raffi, vá com ele. Verifique cada centímetro desse muro. Menina, venha comigo.

Era preciso analisar os tijolos atentamente, apalpando-os com as pontas dos dedos. Mais ou menos na metade do muro, Raffi parou.

— É aqui — soltou.

O Sekoi observou com curiosidade a confusão de arranhões.

A CIDADE SOMBRIA

— Isso não significa nada.
— Significa, sim. – Virou-se. – Galen!
O guardião veio correndo e o empurrou para o lado.
— Excelente, Raffi! Excelente!
Havia uma pequena placa quebrada com inscrições. Tudo o que restava dos dizeres era: "...em memória de Anteus, que..." Um pouco abaixo dela havia mais arranhões, estranhos e sem sentido. Galen tateou-os ansiosamente com as pontas dos dedos. Uma abelhinha, um círculo de seis pontos com mais um no meio, um misterioso conjunto de traços e rabiscos. Carys tentou se aproximar.
— O que significa isso? – indagou, num sussurro.
Galen olhou de relance para ela. Em seguida, perguntou para o Sekoi:
— Onde fica a Pirâmide?
Ele pareceu surpreso.
— No sul, a uma hora de caminhada daqui. Por quê?
— É para onde temos que ir.
Galen não disse mais nada o resto da viagem, mas Raffi podia sentir sua dor, a esperança angustiante que crescia a cada minuto. Com o tempo se esgotando, atravessaram alguns trechos correndo; até mesmo Carys podia sentir olhos à sua volta, silhuetas furtivas em meio às sombras. Ela lançava olhares constantes por cima do ombro para os recantos mais escuros. Em determinado momento, chegou a rir de si mesma – era uma Vigia, afinal de contas –, embora naquele lugar tudo parecesse incerto demais. Sabia que estava começando a parecer uma foragida, a pensar como uma. Quase esquecera quem realmente era. Perceber isso a incomodou.
Um bando de dracos cortou os céus, sobressaindo em meio à neblina; Raffi ergueu os olhos e sentiu um calafrio.

A CIDADE FERIDA

Buscando sempre a proteção dos muros e edifícios, eles penetraram cada vez mais o coração de Tasceron. Por fim, o Sekoi parou ao lado de uma parede inclinada.

— Bom, guardião — declarou, ofegante. — Aqui está a sua Pirâmide.

O topo desaparecia na escuridão. Eles a contornaram. Quatro paredes, nenhuma entrada. A superfície era lisa e uniforme.

— E agora? — murmurou Carys.

Galen apoiou ambas as mãos numa das paredes. Recitou palavras que nem mesmo Raffi conhecia — sons agressivos, misteriosos. Carys ficou apenas olhando, enquanto o Sekoi roía as unhas nervosamente.

O encanto chegou ao fim. E nada aconteceu.

Numa explosão de raiva, Galen socou e chutou a parede. Xingou e urrou, gritos de dor que ecoaram no silêncio. Todos se arrepiaram. Por um momento, Raffi chegou a pensar que o guardião enlouquecera. De repente, ele se virou e olhou por cima do ombro do aprendiz. A expressão em seu rosto deixou todos petrificados.

No entanto, tudo o que ele disse foi:

— Nós precisamos melhorar suas linhas de proteção, rapaz.

Carys girou cento e oitenta graus.

O Sekoi rosnou.

Atrás deles, uma fileira de homens armados esperava em meio à penumbra.

20

Uma pessoa irá retornar do buraco negro.
Contudo, não será a que entrou.

Apocalipse de Tamar

— NÃO VOU LHES dizer meu nome ainda — declarou o velho. Ele fez um sinal com a cabeça para o companheiro mais próximo. — Reviste todos.

Eles estavam dentro da Pirâmide, embora Raffi não soubesse ao certo como isso havia acontecido. O confronto na rua fora breve; os homens os tinham arrastado para dentro e os jogado num canto. O Sekoi estava com uma das orelhas rasgada, e a balestra de Carys encontrava-se nas mãos de um dos soldados.

Raffi observou, furioso, a mochila ser aberta. Uma a uma, as roupas deles foram puxadas para fora, o cantil de água, o isqueiro. Por fim, a sacola com as relíquias. O soldado a jogou para o velho, que a segurou por alguns instantes.

— O que temos aqui?

Galen ficou em silêncio. O coração de Raffi martelava com força.

O velho sorriu. Seu rosto era pequeno e estreito, os cabelos, grisalhos e curtos. Uusava um par de luvas pretas. Abrindo a sacola, retirou as relíquias e as dispôs com cuidado sobre a mesa.

A CIDADE SOMBRIA

— Um instrumento para ver a distância! Eu já tinha ouvido falar nisso.

Arrumou os presentes dos Criadores numa fileira, enquanto Carys observava. Ela não fazia ideia de para que servia a maioria deles: um tubo verde, uma caixa cheia de botões, um cubo delicado e translúcido. De repente, o velho parou com a mão dentro da sacola. Raffi sentiu uma forte onda de emoção vinda dele, uma espécie de choque causado pela surpresa. Ao puxar de volta a mão enluvada, segurava nela o globo de vidro que, semanas antes, eles haviam encontrado na ilha.

— O que é isso? — O velho ergueu os olhos. — Onde você conseguiu isso?

A voz de Galen soou séria.

— Nunca vi isso antes.

O ancião o encarou por alguns instantes e, então, sentou-se num banco de madeira.

— Shean — falou, após uma pausa. — Meu nome é Pieter Shean. Sou um Mestre das Relíquias da Ordem dos Guardiões, assim como você, Galen Harn.

A expressão de Galen não se alterou.

— Prove.

Shean fez que não.

— Como eles nos prejudicaram, meu amigo! Mas escute isso. — Ele não disse nada. Ainda assim, os olhos de Galen se arregalaram por um breve momento. Ele se empertigou e Raffi sentiu a súbita onda de felicidade que o invadira.

A CIDADE FERIDA

— Não escuto uma voz em minha cabeça há três meses — o guardião murmurou num tom rouco.

— Eu sei. Posso sentir a sua dor. — O velho fez um sinal com a cabeça para um dos soldados. — Está tudo bem. Podem sair.

Os homens saíram. Um deles sorriu para Carys e devolveu a balestra com um floreio. Irritada, ela a pegou com um safanão. Ele não sorriria se soubesse quem ela era. Tratou de afastar esse pensamento. O tal Shean não havia perdido seu poder. Precisava ser cuidadosa. E dar uma boa olhada em torno.

O velho apontou para as cadeiras.

— Peço desculpas pelo tratamento. Meus homens precisavam ter certeza de que vocês não eram espiões dos Vigias. Em relação a você, guardião, não tenho dúvidas, nem quanto ao garoto. Os Sekoi raramente nos fazem algum mal. Mas quem é essa menina?

— Carys Arrin. — Galen calou-a com um simples olhar. — Nós a encontramos bem longe daqui, nos planaltos da nossa terra. Os Vigias capturaram o pai dela.

Shean a analisou atentamente.

— Capturaram, é? Quando?

— Há alguns meses — murmurou ela. — Achei que pudessem tê-lo trazido para cá.

— Não sei de nenhum prisioneiro que tenha vindo de tão longe. Seria mais provável que eles o levassem para Arnk ou para os Poços de Maar. — Virou-se para Galen. — Você tem certeza de que ela é confiável? Os Vigias têm muitos espiões.

O guardião ficou calado por alguns instantes. E, então, disse:

— Eu a conheço bem.

A CIDADE SOMBRIA

— Nós confiamos nela — intrometeu-se Raffi, de modo inesperado. — Ela não nos trairia.

Shean anuiu com um lento menear de cabeça.

— É verdade, garota?

Carys o fitou, tentando manter a mente vazia, como lhe haviam ensinado. Sentia-se estranhamente infeliz.

— É claro — murmurou.

— Espero que sim.

— Guardião — Galen falou com impaciência —, você pode me ajudar?

Shean pareceu meio constrangido. Por fim, disse:

— Vou tentar. Vai depender da profundidade do ferimento. Coma primeiro. Depois, nós dois vamos meditar e tentar a cura. — Virou-se para os outros. — Vamos levar um tempo, mas temos comida suficiente aqui. Há algumas camas naquele quarto, e água para vocês se lavarem. Sintam-se à vontade. Vocês estão em casa, guardiões.

A comida era boa. Raffi sentia como se não houvesse comido direito desde que haviam deixado a vila de Lerin. Carys ficou quieta, mas comeu bastante também. O Sekoi pescou delicadamente algumas frutas. Cuspiu os caroços enquanto passava os olhos em torno do aposento, com curiosidade.

Depois que Shean e Galen se afastaram para meditar, eles aproveitaram para dormir nos pequenos e confortáveis sofás ao lado do fogo. O Sekoi se ajeitou numa pilha de almofadas que reunira num dos cantos. Raffi acordou no meio da noite. O guardião estava parado na aconchegante penumbra, olhando para as chamas.

A CIDADE FERIDA

O aprendiz ergueu ligeiramente o corpo, apoiando-se num dos cotovelos.

— Funcionou?

Mas ele já sabia a resposta. O olhar de Galen pareceu atravessá-lo; o rosto do guardião estava abatido e esgotado.

— O que um guardião mais teme, Raffi? — ele perguntou numa voz rouca.

— O desespero — o garoto respondeu num sussurro. — Mas, Galen...

— Eu conheço bem o desespero — cortou o guardião. — Somos velhos amigos.

— Não foi sua culpa!

— Só pode ter sido. Eu errei em algum ponto. Preciso pagar e essa foi a maneira que a Deusa escolheu.

Raffi fez que não, angustiado. Sentia vontade de chorar.

— Vamos encontrar o Corvo. Ele irá curá-lo.

Galen não respondeu. Sentou-se na cadeira, puxou os joelhos para junto do corpo e ficou olhando para as chamas. Quando Raffi decidiu voltar a dormir, ele continuava na mesma posição.

Diário de Carys Arrin
Data desconhecida

O que está acontecendo comigo?
Primeiro eu fico com pena do Galen, e agora o velho me deixou com um sentimento de culpa. Esse lugar

também não ajuda. Deve ser um dos últimos redutos da Ordem ainda de pé, e eu devia ficar feliz por tê-lo localizado, mas a coisa toda parece...

CARYS PAROU. Furiosa, riscou tudo o que havia escrito e recomeçou.

Eles têm um santuário só para as relíquias. Vi hoje de manhã, embora Galen tenha passado a maior parte da noite lá dentro. É muito bonito; Raffi ficou tão emocionado que quase chorou. Há estátuas maravilhosas, tão reais que quase poderiam ser Flain, Tamar e os outros. Velas ardem diante delas. As relíquias são guardadas em caixas de ouro — o Sekoi se roeu de inveja. As janelas são feitas com pedaços de vidro, como um vitral. Ver isso foi estranho. O velho Jellie teria odiado, assim como eu também deveria odiar. Só que... as estátuas pareciam tão reais. A sensação era de que Flain estava olhando para mim.
É fácil a gente se tornar supersticioso.
Estamos esperando pelo Shean. Acho que ele tem uma ideia de onde podemos encontrar o Corvo. Se é que esse homem existe.

A CIDADE FERIDA

ELA FECHOU O diário e o guardou rapidamente de volta no alforje ao ver Shean se aproximar com Galen. Eles se sentaram. De repente, a sensação era de que estavam num conselho de guerra. Raffi sentiu seus nervos se retesarem.

Shean começou. Colocou o pequeno globo de vidro com cuidado sobre a mesa, a mão tremendo ligeiramente.

— Galen explicou como vocês encontraram esta relíquia. Não tenho certeza, mas acho que sei o que é. Conversei com ele sobre ela, mas, por ora, o que conversamos ficará apenas entre nós. É uma relíquia poderosa e, se for o que estou pensando, ela irá levá-los até o Corvo. — Ele pareceu preocupado. — Isso se vocês ainda quiserem encontrá-lo.

Galen ergueu os olhos, atônito.

— Claro que sim.

O velho fez uma pausa e umedeceu os lábios.

— A Casa das Árvores, se é que alguma coisa ainda restou dela, fica debaixo da parte mais escura e perigosa da cidade. Aqueles que se aventuraram até lá jamais retornaram.

— Então você sabe onde fica? — o Sekoi perguntou de modo seco.

— Nós temos... uma ideia. Existe uma lista antiga de caminhos... de ruas. Tenho quase certeza de que ela foi redigida antes da queda da cidade. Outros a copiaram e, acredito eu, a seguiram. Como eu disse, ninguém jamais retornou.

— E você não tentou? — Carys pareceu surpresa.

O velho torceu as mãos enluvadas.

A CIDADE SOMBRIA

— Não. Sinto que minha presença aqui é importante. Precisamos nos reunir, encontrar nossos irmãos perdidos, reconstruir a Ordem. Essa será nossa sede... o coração de nossa rede. Precisamos de você aqui, Galen. Fique conosco.

O guardião o fitou fixamente.

— E quanto a mim? Eu preciso do Corvo!

— Meu filho — Shean falou baixinho. — Já parou para pensar que talvez o Corvo não exista?

— NÃO! — Galen levantou-se num pulo, o rosto sombrio e raivoso. — Nunca! Como você pode dizer uma coisa dessas?! Como pode pensar nessa possibilidade?! Onde está a sua fé, velho? Será que essa cidade de horrores a abalou?

Shean continuou sentado em silêncio. Por fim, disse:

— Talvez você esteja certo em me repreender. Faz muito tempo que estou vivendo no escuro, Galen; já vi mártires demais, muitas crianças sendo levadas embora. Debaixo deste aposento há muitos corpos que conseguimos recuperar dos Vigias e enterrar secretamente. E talvez eu tenha me tornado um fraco. Penso que, se o Corvo estivesse aqui, teria nos livrado de tudo isso, não? Será que ele não teria se manifestado e salvado a cidade?

— Você fala como um Vigia! — Galen começou a andar de um lado para outro, revoltado, até que se virou de supetão. — Mesmo na escuridão, precisamos continuar acreditando! Foi isso o que eu aprendi. Nós é que precisamos nos manifestar, Shean, nós, os remanescentes da Ordem! Os Criadores nos deixaram este mundo, e se nós o perdermos, a culpa será nossa! Nós temos o poder! E ainda

A CIDADE FERIDA

temos o Corvo! E ele está nos aguardando, esperando que o encontremos!

O silêncio que se seguiu foi quebrado pelo Sekoi, que falou baixinho:

— É verdade, muitas de nossas histórias dizem a mesma coisa.

Shean deu de ombros.

— Então espero que encontrem o que desejam. Sei quanto isso é importante para você e não irei impedi-lo. Posso lhe dar a Lista dos Caminhos, mas você terá que me prometer que não a deixará cair nas mãos do inimigo. Pense bem, guardião. — Ele se levantou e olhou para Galen, parado do outro lado da sala. — Você está fazendo isso para salvar a Ordem? Ou para remediar sua própria perda? Será que você estaria tão disposto a desafiar a morte se não achasse que o Corvo poderia curá-lo?

Galen o fitou com amargura.

— Espero que sim. — Suspirou.

— Claro que sim — bufou Carys. Todos se viraram para ela, surpresos; até ela ficou surpresa consigo mesma, mas cruzou os braços e olhou Shean no fundo dos olhos. — Ele não veio até aqui em benefício próprio. Eu sei, já vi. Nem Raffi. Eles acreditam nesse Corvo, e se você tivesse a fé deles, já teria saído para procurá-lo há anos. Guarde as perguntas para si, guardião. Será que você não se esconde aqui porque tem medo de se arriscar?

Raffi soltou uma risadinha e o Sekoi abriu um sorriso irônico. Galen manteve uma expressão dura e estranha.

Shean assentiu com um meneio de cabeça.

A CIDADE SOMBRIA

— A Litania diz que sábio é o guardião que reconhece a voz da verdade. Talvez o que você diz seja verdade. — Ele voltou a se sentar, parecendo subitamente cansado e mais envelhecido. Os dedos enluvados acariciaram o globo de vidro. — Você irá com eles, menina?

— Eu vim até aqui.

— E você não acredita no Corvo?

Ela hesitou, incomodada.

— Talvez. Não sei. Mas gostaria de descobrir.

O Sekoi fez que sim, concordando.

— Eu também. — Coçou o pelo do rosto com um dos dedos compridos. — Seria interessante. Meu povo tem suas próprias ideias sobre os Criadores.

— A maioria verdadeiras heresias — rosnou Galen. Aproximou-se da mesa. — Quero uma cópia da lista — pediu, calmamente. — Meus amigos e eu partiremos hoje à noite. — Fez uma pausa; as contas verdes e pretas em volta do pescoço cintilaram. — Com a sua bênção, guardião.

Shean se levantou.

— Eu os abençoo, guardião. Talvez você seja aquele de quem a profecia fala. Aquele que irá retornar.

ELES PARTIRAM AO cair da noite, embora em Tasceron a noite fosse eterna. Viajavam com pouco peso. Galen deixara todas as relíquias na segurança do santuário; levava apenas o globo de vidro

A CIDADE FERIDA

e o mapa. Cada um deles carregava um pouco de comida; Carys trazia sua balestra. O Sekoi seguia de mãos vazias, tal como antes. Parecia ser capaz de passar um longo tempo sem comer. Quando Raffi perguntou como ele conseguia isso, a resposta veio acompanhada de um ronronado:

— Eu poderia comê-lo, jovem guardião.

Raffi riu, meio sem graça. Lembrou-se de uns versinhos infantis que sua mãe costumava recitar... Como se soubesse o que ele estava pensando, o Sekoi riu também, uma risada baixa e zombeteira, que mais parecia um rosnado.

Os homens de Shean os acompanharam até o canto de um pátio, onde uma escada de degraus largos desaparecia na escuridão. Um deles falou:

— Nós ficamos por aqui. Boa sorte, guardiões.

Galen os abençoou; eles partiram, misturando-se às sombras de maneira habilidosa. Observando-os se afastar, Raffi comentou:

— Estamos sozinhos de novo.

— Nós nunca estamos sozinhos! — Galen lançou-lhe um olhar feroz. — Você tem negligenciado suas lições, rapaz. Enquanto prosseguimos, quero que recite o Livro inteiro, do começo até a morte de Flain. Cada verso, cada profecia.

Raffi olhou para Carys e fez uma careta. Ela riu.

Mas ele mal conseguiu se concentrar na tarefa. As ruas eram sombrias. Por duas vezes uma explosão de vapor emergiu do chão sob seus pés, fazendo-os correr um para cada lado, em pânico. Relâmpagos iluminavam o céu ao norte. Ninguém falava. Galen seguia na frente, guiando-se pelo pequeno pedaço de papel que Shean lhe dera, limpando a fuligem das paredes à procura das placas quebradas com os antigos nomes das ruas.

Pararam na frente de um túnel.

— Por aí? — Raffi se aproximou e deu uma olhada, hesitante.

— Por aí, e depois à esquerda em algum lugar. Algum perigo?

— Eu já disse, não consigo sentir nada aqui. Apenas escuridão e uma origem de calor em algum lugar, algo se derretendo...

Eles meteram a cabeça e deram uma espiada; lá dentro estava um breu, só dava para ver o musgo cinza que cobria as paredes úmidas. Galen entrou.

— Parece vazio. Consigo ver o final.

Deu mais um passo e, com um súbito ranger e retinir que assustou a todos, um pesado portão de ferro despencou do teto, separando-o dos demais. Os ecos reverberaram pelo túnel. Eles ouviram um uivo estranho, selvagem. Raffi jogou-se sobre a grade do portão; sentiu o Sekoi a seu lado, esforçando-se para ajudá-lo.

— Ele nem se move.

Galen lutava furiosamente do outro lado, tentando erguer as barras de metal. Gritos soaram às suas costas; os uivos se transformaram em rosnados.

— Fujam! — gritou. — Peguem isso! Rápido!

Ele meteu as mãos apressadamente entre as barras, então Raffi pegou o mapa e o globo, mas, embora o barulho estivesse penetrando em cada nervo do seu corpo, não conseguiu mais se mover.

— Galen...

A CIDADE FERIDA

— Corra! — berrou o guardião. — Fuja! Tirem-no daqui!

O Sekoi o agarrou.

— Ele está certo, Raffi!

— Não podemos deixá-lo assim!

— É preciso. — Galen o pegou pelo braço. — Você é o guardião agora, Raffi. Encontre o Corvo. Isso é tudo o que importa. Encontre o Corvo!

A escuridão atrás dele estava se mexendo: homens, dingos, um facho de luz azulada.

— Os Vigias! — gritou Carys.

— Não se preocupe. — O guardião empertigou-se, o rosto aquilino duro sob a luz fraca. — Os Criadores estão comigo, Raffi. Nós nos encontraremos novamente. Agora, tirem-no daqui!

Carys e o Sekoi tiveram que o arrastar, debaixo de gritos e lágrimas. Atrás deles, o som de uivos e pancadas ecoou no túnel escuro.

A CASA DAS ÁRVORES

21

Os Criadores se viraram para Kest, desesperados.
— O que você fez? — perguntaram aos prantos.
— Como pôde nos trair? Seus pássaros monstruosos e suas feras horripilantes desfiguraram nosso mundo. Eles o levaram e o trancaram nos subterrâneos por cem anos, sem comida nem luz. Cada vez que verificavam como ele estava, encontravam-no em silêncio, sério.

Livro das Sete Luas

— **C**OMO VOCÊ ESTÁ, pequenino?

Raffi sacudiu a cabeça, desanimado. Estava tremendo e enjoado, mas mesmo assim tinham corrido pelas ruas até se verem em segurança. O Sekoi se sentou ao lado dele.

— Galen é um homem corajoso — comentou, delicadamente.

— É mesmo. — O aprendiz concordou com agressividade. — Já o vi gritar com uma cobra assustadora na floresta até ela não conseguir mais encará-lo. Isso foi antes... Mas ele pode fazer qualquer coisa. Galen não tem medo do perigo. — Engasgado, cerrou os punhos.

Com as costas apoiadas numa parede em ruínas, a criatura assentiu com um meneio de cabeça.

— Tenho a impressão de que ele provocava a morte. Galen precisava lidar com uma perda muito grande. Agora ele será mais um mártir da Ordem. Isso é bom, não é?

Raffi fez que sim.

— É o que a Litania diz. — Sua voz soou fraca e relutante. O silêncio que se seguiu foi desolador.

Carys soltou a pedrinha com a qual brincava.

A CIDADE SOMBRIA

— Já chega!

— Já chega o quê?

— Como eu disse, já chega. — Ela se levantou e marchou para junto deles. Chutou os destroços de um claustro. — Como vocês podem ficar aqui sentados falando desse jeito?! Galen não vale nada morto!

— Eles acreditam... — começou o Sekoi, pacientemente, mas ela brandiu a mão, irritada, descartando a explicação.

— Eu sei no que eles acreditam! "O sangue da Ordem é bom para a terra"... todas essas baboseiras! Mas eu não! Nós precisamos fazer alguma coisa, não podemos ficar aqui sentados!

— Nós vamos — declarou Raffi. Ao erguer os olhos, seu rosto ostentava uma expressão determinada. — Vamos encontrar o Corvo. Como ele pediu.

— Mas, e quanto a Galen?! — Ela se agachou ao lado dele.

— Não podemos ajudá-lo. Os Vigias irão torturá-lo.

— Irão mesmo, se não o tirarmos de lá antes!

O Sekoi os fitou.

— Tirá-lo de dentro da torre dos Vigias? Não torture o menino. Isso não é possível.

— Você acha que eu quero deixá-lo? — murmurou Raffi, desesperado. — Se houvesse alguma chance, Carys, a mínima que fosse. Mas não há! Ninguém consegue entrar num lugar daqueles!

Ela se levantou de supetão e andou até a entrada do claustro. Uma trepadeira morta agarrada a uma série de pilastras quebradas farfalhou. Em meio à quietude que os cercava, escutaram os pios das corujas ao longe. De costas para eles, Carys disse:

— Eu posso tirá-lo de lá.

Passado um segundo, Raffi ergueu os olhos.

A CASA DAS ÁRVORES

— O que foi que você disse?
— Eu posso tirar Galen de lá.
O aprendiz olhou para o Sekoi, atônito. A criatura se levantou.
— Explique — exigiu, ameaçadoramente.
Carys se virou. Tentou se forçar a encarar aqueles olhos amarelos e penetrantes, sem sucesso. Tampouco conseguia encarar Raffi.
— Eu trabalho para os Vigias. Sou uma espiã, tenho sido desde o começo.
Fez-se um segundo de intenso silêncio. Por fim, Raffi falou:
— Não seja ridícula. — Mas sua voz soou fria e ele a fitou com um horror crescente.
Ela se forçou a encará-lo.
— Não estou sendo. É verdade.
— Não pode ser! — Ele se levantou num pulo tão rápido que a pilha de pedras às suas costas desmoronou. — Todo esse tempo que você viajou com a gente! Seu pai...
— Eu não tenho pai. — Lançou um olhar de relance para o Sekoi. — Eu cresci numa das Casas dos Vigias. Vim com vocês porque... bom, a princípio porque eu estava caçando o Galen.
— E depois por causa do Corvo. Você queria que a gente a levasse até ele!
— Raffi...
— Não fale comigo! — Ele se virou de costas e, em seguida, sem conseguir evitar, virou-se novamente. — Você nos usou! Mentiu para a gente esse tempo todo? Tudo o que você nos contou sobre seu pai...? — Cerrou os punhos, engasgando-se com a raiva; para surpresa de Carys, pequenos filamentos de luz verde faiscaram em torno dos dedos dele. — Carys... — Soltou uma risada cruel. — Nem sei se esse é o seu nome! Não sei mais quem você é!

A CIDADE SOMBRIA

Ela mordeu o lábio. Raffi parecia alguém cujo mundo desmoronara por completo.

— É o meu nome.

— Foi você quem nos traiu?

A pergunta do Sekoi soou fria como gelo; a menina ficou arrepiada.

— Claro que não! — rebateu ela.

— Mas alguém traiu.

— Não. Não foi assim que aconteceu.

— Então você nos traiu? — Raffi bufou.

— Precisei armar para entrarmos na cidade! Deixe-me explicar!

— Por que eu deveria?! — retrucou ele, com raiva. Em seguida, sentou-se, como se de repente as pernas não pudessem mais aguentá-lo. Parecia desnorteado. — Não posso acreditar que isso esteja acontecendo.

Carys sentou ao lado dele. Sua voz soou dura, sem emoção.

— No portão, quando nos escondemos debaixo das carroças, eu fui pega. Era um plano fadado ao fracasso. Contei a eles quem eu era, e disse que vocês eram espiões. Eles nos deixaram entrar. Juro que nunca falei nada sobre relíquias nem guardiões. Eu não faria isso. Queria o crédito pela captura de vocês.

Ignorando a expressão que ele fez, ela continuou:

— A notícia deve ter se espalhado. Mas, escute, Raffi, tenho certeza de que eles não sabem quem Galen é. Aquela ratoeira foi uma falta de sorte; deve haver centenas de armadilhas do tipo na velha cidadela... não é verdade?

Ela olhou para o Sekoi, que anuiu com um menear de cabeça relutante.

A CASA DAS ÁRVORES

— Mas podemos tirá-lo de lá, Raffi; podemos tirá-lo antes que eles descubram quem ele é!

— Por quê? Por que você quer tirá-lo de lá? Por que não volta e conta a eles tudo o que sabe... onde os Sekoi vivem, a estrada celeste, Lerin, a Pirâmide! — Ele falava de um jeito implacável, como Galen. — Já não conseguiu o suficiente da gente, Carys?

— Não é isso. Não quero que Galen seja torturado.

— Só porque ele pode entregar toda a informação que você trabalhou tanto para conseguir, certo? — o Sekoi perguntou de modo ferino.

— NÃO! Por que vocês não me escutam? Eu gosto do Galen. Sou uma perfeita idiota, mas passei a gostar de todos vocês!

Ela se levantou e jogou os cabelos para trás, zangada consigo mesma.

— Sei que não podem mais confiar em mim. Se quiserem, eu vou embora. Mas primeiro vou tirá-lo de lá, Raffi, e, se for preciso, irei sozinha. — Com as mãos trêmulas, pegou a balestra e a verificou.

Raffi a observou. Sentia-se confuso e profundamente traído. Gostaria de poder odiá-la, que fosse assim tão simples, mas ela ainda era a mesma Carys de sempre.

Virou-se para o Sekoi.

— O que a gente faz?

— A escolha é sua, jovem guardião. O que quer que você decida, pode contar comigo. — Coçou o rosto peludo com um dos dedos compridos.

— Talvez ela consiga tirá-lo de lá — reconheceu o aprendiz, ainda que com dificuldade.

— Talvez. Ou talvez ela planeje apenas nos entregar a eles. Mais prisioneiros para sua lista. — Ele a analisou com os olhos estreitados.

A CIDADE SOMBRIA

Raffi baixou os olhos para as próprias mãos. Rezou, pedindo sabedoria para decidir o caminho a tomar, porém sua mente estava tão escura quanto o claustro, e os Criadores mantiveram-se em silêncio.

Por fim, sem saber se estava tomando a decisão certa, levantou-se.

— Tudo bem. Vamos arriscar.

Carys sorriu, mas ele a ignorou. Desviou os olhos, furioso com ela.

— Se você nos trair... ainda não estou certo se deveria confiar em você.

— Você nunca saberá — constatou ela —, até tentar. Galen lhe diria isso.

Ele pegou o mapa.

— Que direção?

— Eles o levariam para a torre mais próxima. Ela está marcada aí?

— Tem uma aqui.

— Deve ser ela. Mostre o caminho, Raffi.

Com um olhar de relance para o Sekoi, que deu de ombros, ele se virou e passou pelo buraco na parede.

AS RUAS ERAM um pesadelo de fumaça negra. Nem Raffi nem Carys estavam tão atentos quanto deveriam estar; se o Sekoi não os tivesse alertado, o bando de dracos que sobrevoava as torres de uma das casas os teria capturado.

Confuso, lutando para pensar com clareza, Raffi se pegou remoendo tudo o que havia acontecido, tentando enxergar Carys como uma espiã — nos planaltos, no barco —, mas isso doía demais,

A CASA DAS ÁRVORES

e ele afastou o pensamento, buscando concentrar-se apenas nas ruas e nos nomes em ruínas.

Atrás dele, Carys seguia calada. Estava zangada consigo mesma, sentindo-se impulsiva, quente, com vontade de provocar. Não dava a mínima para o que eles pensavam. Eles iam ver! Se ao menos conseguisse tirar Galen da torre. Faria isso porque queria, porque não permitiria que ninguém além dela o capturasse.

Eles se agacharam na viela em frente à torre dos Vigias. No outro lado da ruazinha escura, podiam ver lampiões pendurados e uma grande fogueira ardendo sobre o calçamento rachado. Homens reuniam-se em volta dela; silhuetas falantes. Atrás deles, os grandes muros da torre desapareciam na escuridão, sem uma única janela.

— E agora? — perguntou Raffi.

Carys relaxou a mão que segurava a balestra.

— Eu entro. Sozinha. Vou inventar uma história... que Galen é vital para a minha missão e que preciso segui-lo para conseguir... bom, alguma coisa importante. Não vou mencionar o Corvo.

Raffi soltou uma risada amargurada, mas ela continuou:

— O problema é: mesmo que eles acreditem em mim, talvez não me deixem tirá-lo de lá sozinha. É aí que vocês entram.

— Nós?

— Se eu conseguir sair com Galen, virei direto para cá. Escondam-se em algum lugar. Debaixo daquele arco quebrado, por exemplo. Esperem a gente passar e, se alguém nos seguir, resolvam o problema.

— Resolvam o problema? Não somos Vigias!

Ela deu uma risadinha desdenhosa.

— Você conhece os segredos da Ordem, eu não.

A CIDADE SOMBRIA

Ele não riu. Contudo, ao vê-la se afastar pela viela, soltou um "Tome cuidado", como se as palavras o machucassem.

— E seja discreta — murmurou o Sekoi.

Ela se virou, olhou para os penetrantes olhos amarelos da criatura e riu.

— Eu serei.

GALEN ESTICOU A perna um pouco mais e escutou o retinir das correntes pesadas. Estava tonto e machucado, com o rosto coberto de sangue seco e o ombro latejando terrivelmente. Correu os olhos em volta com atenção.

Por um longo tempo, pensara que o haviam vendado, mas pouco a pouco sua visão retornara. Uma pequenina janela no topo de uma das paredes permitia a entrada de uma luz bruxuleante que mal poderia ser chamada de luz, obrigando-o a se esforçar para enxergar através da penumbra. Estava num espaço fechado e pequeno. Mantendo as costas coladas na parede e esticando as pernas dava para tocar na parede em frente. Com cuidado, deu um puxão nas pesadas correntes e correu as mãos por cima da pedra onde elas estavam presas; ela não era reta. Curva, como se o calabouço fosse circular. Acima de sua cabeça estava um breu; murmurou algumas palavras e elas ecoaram, como se o espaço fosse alto o bastante para um homem ficar em pé. A escuridão fedia a ratos, excrementos e feno sujo. As pedras eram frias e escorregadias ao tato.

Sorriu consigo mesmo. Estava machucado, mas não lhes contara nada, e tinha certeza de que eles não sabiam quem ou o que ele

A CASA DAS ÁRVORES

era. Ainda assim, isso era só o começo. Conhecia histórias suficientes sobre a crueldade dos Vigias, mas não pensaria nelas agora. Seria tolice. Em vez disso, empertigou as costas e fechou os olhos. Começou com encantos simples e, em seguida, passou para as preces e litanias, recitando-as baixinho até ter a sensação de que a escuridão fora preenchida com palavras, como se elas fossem espíritos flutuando no ar.

— Kest permaneceu na escuridão por cem anos. Pouco a pouco, foi tomado pela tristeza, e sofreu pelo mal que havia provocado, por todas as coisas sombrias que trouxera para o mundo.

Galen parou. Essa não era a história adequada ao momento. De repente, deu-se conta de que precisaria de toda a sua força de vontade para enfrentá-los, a fim de não lhes contar os segredos da Ordem. Estremecendo, levou as mãos às contas protetoras; as superfícies lisas deslizaram sob seus dedos.

— Estou tão vazio por dentro quanto por fora — murmurou, desanimado. Em seguida, fazendo que sim, acrescentou: — Mas talvez eu tenha uma chance. A chance que Kest nunca teve.

— O QUE ESTÁ acontecendo aqui? — O sargento dos Vigias abriu caminho entre seus homens. — Que negócio é esse? Outro prisioneiro?

— Ela afirma ser uma espiã. — O homem deu um passo para trás e o sargento estreitou os olhos. Viu uma garota de uns 16 anos, suja, com cabelos castanhos e uma balestra pendurada nas costas. Ela o encarou de volta.

— É você quem está no comando aqui?

A CIDADE SOMBRIA

Ele riu.

— Quem quer saber?

Carys meteu a mão por dentro da gola e puxou algo preso a uma correntinha; tirou a corrente por cima da cabeça e a entregou ao sargento sem dizer uma palavra.

Ele segurou o distintivo sob a luz e ela viu seu rosto mudar.

— Venha comigo — chamou, com uma voz grave.

Ao passar pelo arco principal, Carys reparou nas defesas: guardas armados, três portões de metal, cercas de estacas. Se eles não a deixassem sair, ficaria presa ali dentro para sempre. Decidida, empertigou os ombros e empinou o queixo. Por que deveria se preocupar? Era uma deles.

Eles a fizeram esperar alguns minutos no pátio. De repente, o sargento reapareceu por uma pequena porta arqueada e fez sinal para que ela o acompanhasse. Conduziu-a por um corredor de pedras, parou diante de outra porta e bateu.

— Pode entrar.

Ele olhou para ela. Carys respirou fundo, pousou a mão na maçaneta e entrou.

Era uma sala pequena, com um fogo crepitando na lareira. O castelão estava empoleirado na borda da mesa.

— Você trouxe isso? — Ergueu o distintivo, fazendo-o cintilar.

— Sim — respondeu ela, aproximando-se.

— Que casa?

— A de número 547, nas montanhas de Marn.

— Há quanto tempo está em missão?

— Três meses.

— Quem é o seu mestre?

A CASA DAS ÁRVORES

— Jeltok. O velho Jellie, como costumávamos chamá-lo.

Ele fez que sim, abafando uma risada.

— Ah, eu sei. — O castelão se levantou e andou até o fogo, lançando um curioso olhar de relance para Carys. Os cabelos ralos estavam começando a ficar grisalhos; ele era mais velho do que a maioria dos seus subordinados. Mais astuto também, pensou ela, e provavelmente desconfiado.

Ele tossiu e cuspiu no fogo, esfregando o peito.

— Que tipo de missão?

— Vigilância. Preciso ficar de olho num homem chamado Galen Harn. Um guardião.

O rosto dele brilhou, interessado.

— E?

Carys suspirou e, num impulso, se sentou na única cadeira.

— Senhor, percorri uma longa distância. Estou com fome e com frio. E estou do seu lado. Não precisa me tratar como se eu fosse uma prisioneira.

O castelão permaneceu imóvel por alguns instantes. Então, com um anuir de cabeça, foi até a porta e gritou. Carys pegou a balestra pendurada no ombro e a soltou no chão distraidamente. Ela não lhe serviria para nada ali mesmo.

O castelão voltou.

— A comida está a caminho. Sinto muito... força do hábito. Seja bem-vinda, Carys Arrin.

Ela ergueu os olhos para ele e sorriu.

22

Fomos usados por um dos nossos.
Ele vem zombando de nós esse tempo todo.

Litania dos Criadores

RAFFI AGACHOU-SE atrás dos destroços da parede.

— Nem sinal dela.

O Sekoi continuou calado, roendo as unhas.

O aprendiz meteu a mão no bolso e tocou o globo; a sensação de calor ao tocá-lo fez com que o puxasse para fora, surpreso, mas o vidro continuava do mesmo jeito, opaco. Ergueu-o diante dos olhos e observou, tentando enxergar alguma coisa; em seguida, tentou com o terceiro olho, mas tudo o que conseguiu ver foi a escuridão. Era a primeira chance real que tinha de examiná-lo; Galen sempre o mantinha consigo. No entanto, a peça não lhe disse nada.

O Sekoi ergueu os olhos subitamente.

— Escute, jovem guardião. Acho que devemos ir.

— Ir? — Raffi ficou sem reação. — Para onde?

— Qualquer lugar. Longe daqui. — O Sekoi se ajoelhou e o aprendiz notou que suas pupilas pareciam pequenos riscos negros na penumbra. Ele agarrou seu braço, os sete dedos compridos apertando com força. — Todos os meus instintos estão dizendo que isso

A CIDADE SOMBRIA

é uma armadilha! Ela foi ao encontro deles. Irá trazê-los para cá! Para nos capturar! Você não vê, Raffi? Não podemos confiar nela!

O aprendiz sentiu um leve calafrio de medo descer-lhe pelas costas, e falou numa voz rouca:

— Não acredito que ela...

— Ela já fez isso! A coisa toda começou muito antes da Carys conhecer você! — Ele se levantou num salto, uma figura esguia e agitada. — Meu povo conhece essas casas dos Vigias. Eles escolhem as crianças pequenas, as alimentam, ensinam e treinam. Por anos. Como ela pode se desvencilhar de tudo isso? Carys é uma Vigia, ela pensa como eles, caça como eles. Já deve ter visto coisas que você nem imagina... já deve ter cometido atos cruéis e desprezíveis. A essência dela... sua alma... foi transformada por essas coisas! Não confie nela, Raffi!

O menino continuou sentado, imóvel, mas, embora estivesse morto de medo, isso o tornava ousado.

— Certo, mas e quanto a Galen?

— Galen se foi! Eles o farão falar.

— Ele jamais falaria.

O Sekoi se sentou.

— Mas irá — replicou calmamente. — No fim, todo mundo acaba falando.

Raffi não respondeu. Sentia-se mais uma vez tomado por uma dúvida angustiante; não tinha ideia do que fazer. Eles deviam sair dali, fugir, mas, ainda assim... parte dele desejava ficar, acreditar que ela retornaria.

— Precisamos encontrar o Corvo — incitou o Sekoi. — Ele tem um grande poder. Se estiver vivo, poderá nos ajudar. Mas precisamos partir agora, Raffi, antes que ela apareça com os Vigias e eles peguem o mapa e o globo! Isso é tudo o que eles precisam!

O aprendiz o fitou por alguns instantes. Por fim, levantou-se novamente e olhou para a rua escura e vazia.

— TUDO ISSO É muito interessante — observou o castelão, completando o copo dela. — Então esse tal de Harn sabe onde está essa relíquia... a propósito, você não disse o que ela é.

Carys sorriu.

— Não. Não tenho certeza absoluta e, além disso...

— Quer mantê-la em segredo.

— Minhas ordens são para ser o mais discreta possível.

Ele concordou com um menear de cabeça.

— Entendo. Mas, veja bem, Carys, podemos arrancar qualquer informação que você deseje por nossos próprios métodos. Não que ele vá ser de grande utilidade para você depois, é claro. — Tomou um gole do vinho suave e olhou para ela. — Isso não seria mais fácil?

Ela fez uma careta.

— Por um lado, sim. Mas destruiria o meu disfarce... eu me esforcei muito para ser aceita, e acho que agora eles confiam em mim. Não, seria melhor se eu o ajudasse a escapar. — Ergueu uma sobrancelha. — Se você concordar, é claro. Ele é seu prisioneiro.

Ele ficou em silêncio enquanto alimentava o fogo com novos pedaços de carvão, mas, em seguida, virou-se e pegou o distintivo, balançando a correntinha de prata entre os dedos.

— Quem sou eu para ficar no caminho dos comandantes? — Entregou o distintivo de volta para ela, que o pendurou novamente no pescoço, sentindo os discos gelados em contato com a pele. — Mas isso terá um preço.

Carys ergueu os olhos. Já esperava por isso.

— Quanto?

— Metade. Metade da recompensa pelo guardião e os outros, e metade do que quer que você ganhe por encontrar essa relíquia.

Ela pensou por alguns instantes.

— Combinado. Não tenho escolha.

— Nem eu. Precisamos trabalhar juntos. — Ele coçou o queixo, onde despontava uma barba grisalha. — Bom, essa fuga precisa ser convincente. — Ponderou por um momento, levantou-se e saiu. Enquanto isso, Carys terminou de beber o vinho numa golada. Pegou a balestra, carregou-a rapidamente e a meteu debaixo de um dos braços. Em seguida, apanhou um pedaço de pão na bandeja e o enfiou no bolso. Quando o castelão voltou, ela o esperava ao lado do fogo.

Parecia satisfeito. Ela sabia que ele já devia ter feito seus próprios planos. "Os Vigias têm que vigiar uns aos outros". Essa fora a primeira lição que Jellie lhe ensinara — vira isso a vida inteira; mesmo na escola, as crianças espionavam umas às outras, relatando qualquer coisa, competindo pela honra de fazer isso. Ela era uma das melhores. Agora eles a vigiariam, mas já esperava por isso.

— Estamos prontos. Aqui estão as chaves. — Entregou-lhe um pequeno chaveiro. — Vou lhe mostrar um portão nos fundos protegido por um único homem... atire nele e ele cairá. Seria de grande ajuda se você errasse o tiro, estou com poucos homens no momento.

Ela pegou as chaves.

— E como eu consegui isso?

A CASA DAS ÁRVORES

— Invente uma história. Afinal de contas, você foi treinada para isso. — Ele tossiu de novo, uma tosse rouca. — Vou ficar feliz em sair dessa toca de ratos. A fumaça acaba com a gente.

— Você vai embora?

— Espero que sim. Espero conseguir uma promoção para algum vilarejo aconchegante. Algum lugar banhado pela luz do sol. — Soltou uma risada desagradável. — Depois que eu puser as mãos no dinheiro.

Seus olhos se encontraram. Ela sorriu com astúcia.

— Obrigada pela comida. Agora, me mostre o caminho.

GALEN SE EMPERTIGOU ao escutar a chave girar na fechadura. Afastou os cabelos com as mãos acorrentadas e se encolheu diante da luz repentina.

— Galen!

Em questão de segundos, Carys estava dentro da cela, agachada ao lado dele. O guardião a fitou.

— Carys! — E, então, tomado pelo medo, segurou-lhe o braço. — Raffi está aqui? Ele foi preso?

— Não. Não, ele está bem. Fique quieto. — Ela soltou as correntes; elas caíram no chão e Galen esfregou os pulsos machucados com alívio.

— Como você entrou aqui? O que está acontecendo?

— Eu explico lá fora. — Empurrou as correntes para longe e o pegou pelo braço. — Não temos tempo agora. Siga-me e não fale nada. Faça o que eu fizer. Por favor, Galen!

Ele a olhou como se fosse dizer alguma coisa, e, em seguida, fez que sim. Carys fez menção de ajudá-lo a se levantar, mas ele a empurrou.

A CIDADE SOMBRIA

— Pode deixar.

— Ótimo. — Meteu a cabeça pela porta. — Venha. Por aqui.

Os degraus contornavam uma parede úmida. Carys subiu sem fazer barulho, com Galen parecendo uma sombra alta às suas costas. Estava com os músculos rígidos e doloridos, mas se movia com cuidado e, ao olhar para trás, ela viu que seus olhos estavam alertas. No topo da escada havia um corredor escuro, impregnado com um cheiro acre de fumaça; o som de vozes e o tilintar de dados ecoou de um dormitório nas proximidades. Os dois passaram pelo aposento pé ante pé; Galen viu de relance os homens lá dentro, de costas para ele. Em seguida, atravessaram correndo uma passagem, depois outra, o tempo todo sem dizer nada.

De repente, Carys parou. Levou o dedo indicador aos lábios e apontou com a cabeça; dando um passo à frente, Galen viu, virando a esquina, um homem sentado num banco comendo pedaços de batata que espetava com a ponta da faca.

Ao lado dele havia uma porta pequena, entreaberta.

O guardião olhou para a companheira. Carys ergueu a balestra. Galen abriu um sorriso cruel e deu de ombros. Ela ficou surpresa, mas se virou e mirou. A flecha estremeceu ligeiramente e disparou com um zunido. O homem despencou no chão.

Carys pulou por cima dele e abriu a porta. Virou-se e, ofegante, falou:

— Deixe o guarda!

Galen, que estava debruçado sobre o corpo, empertigou-se. Passou na frente dela, meteu a cabeça pela porta e deu uma espiada. A noite estava um breu, e a viela estreita fedia a lixo.

— Para onde?

— Em frente!

A CASA DAS ÁRVORES

Ele a seguiu pela ruazinha escura, pulando as pilhas de destroços, os ratos correndo de um lado para outro. Após algumas esquinas, se depararam com um arco baixo e correram para lá; escondida nas sombras, Carys girou e recarregou a balestra apressadamente.

— Você acha que eles virão atrás de nós?

— Quando descobrirem. — Ela deu uma espiada por cima do ombro e se afastou da parede. — Por aqui.

Eles cruzaram um pátio em ruínas e atravessaram um buraco no muro que dava numa rua mais larga. Carys virou para a esquerda.

— Rápido!

Os dois correram colados ao muro, em meio à neblina escura e aos pios suaves das corujas. Galen tropeçou uma vez; recuperou o equilíbrio e olhou de relance por cima do ombro. Sombras moviam-se na entrada da rua. Ele correu atrás dela, o rosto sombrio.

Escalaram um telhado em ruínas e passaram debaixo de um arco largo de pedra.

— Anda! — Carys corria na frente, mas Galen a alcançou e a agarrou pelo braço.

— Espere!

Ela olhou para trás.

— Não podemos esperar! Eles estão vindo!

— Cadê o Raffi? — rosnou Galen. — Cadê ele?

— Não sei! — Ela perscrutou a escuridão sob o arco. — Ele devia estar aqui! Foi onde eu disse...

Eles escutaram os Vigias; o ruído baixo de pés correndo.

— Para a porta. — O guardião a empurrou para o lado e deu uma espiada.

O rosto dele foi subitamente iluminado por uma intensa faísca verde que deixou os dois tontos.

A CIDADE SOMBRIA

— Que foi isso? — ofegou Carys.

Galen riu, uma risada voraz.

— Nós chamamos de terceira ação do terceiro olho. Não diga nada a ele, mas Raffi é muito bom nisso.

Ao olhar por cima do ombro do guardião, Carys ficou chocada ao ver o arco cuspindo chamas e faíscas; por alguns momentos, ele chiou e crepitou, até que voltou a ficar preto e ela pôde ver os corpos de dois Vigias caídos no chão, imóveis.

— Eles estão mortos?

— Petrificados.

— Como ele consegue fazer isso? — Maravilhada, viu as silhuetas de Raffi e do Sekoi aproximando-se pela rua em ruínas.

Raffi veio correndo até Galen e parou, olhando para ele fixamente.

— Ela conseguiu — disse, com a voz engasgada.

Galen abriu um sorriso duro.

— Conseguiu mesmo.

Hesitante, o aprendiz tocou o braço do guardião.

— Achamos que tivéssemos perdido você...

Ele fez que não.

— É preciso ter fé, garoto, sempre — replicou, sério. — Às vezes, os Criadores agem de um jeito que você jamais imaginaria. O mapa está com você?

— Aqui.

— Então, vamos. Antes que apareçam outros.

Seguindo a lista de ruas, eles se embrenharam entre as casas e passaram por palácios cujas janelas quebradas permitiam a entrada do vento, que parecia gemer desconfortavelmente pelos salões. Começou a chover, uma garoa preta e oleosa. A cidade estava

A CASA DAS ÁRVORES

mudando; estavam se aproximando da parte mais velha, a cidadela, onde a terrível destruição deixara em ruínas os grandes templos e palácios. A escuridão tornou-se ainda mais profunda e o silêncio mais pesado; até mesmo os ratos e as corujas pareciam ter ficado para trás. Tudo o que escutavam agora era o som suave de seus próprios passos ecoando pelas vielas e entradas das casas, como se a cidade estivesse repleta de fantasmas pairando pelos escombros.

Meia hora depois, Galen os obrigou a parar.

— Aqui — falou, ofegante. — Vamos descansar aqui.

Eles estavam diante de uma pequena janela; após atravessá-la, viram-se na cozinha de uma casa. Restavam apenas uma lareira vazia, preta de fuligem, e uma mesa fixa e enorme no meio do aposento.

Galen andou até a parede, sentou-se e esticou a perna com um gemido.

Raffi se agachou ao lado dele.

— Eles te machucaram?

— Não muito. Estavam apenas se aquecendo.

Com movimentos lentos, Carys sentou-se também. Olhou para Raffi, que mordeu o lábio. O Sekoi esticou as pernas e coçou o pelo.

— Você vai contar a ele ou prefere que a gente faça isso? — perguntou, sério.

— Eu conto — murmurou Carys.

Galen ergueu os olhos para ela.

— Preciso lhe agradecer, Carys. Devo minha vida a você. Talvez mais, talvez a minha própria honra como guardião. — Ele juntou os cabelos negros, prendeu-os com um pedaço de fita suja e olhou para ela, o rosto aquilino sério e sombrio. — Se eu tiver oportunidade, um dia pagarei essa dívida.

— Você talvez não queira fazer isso — retrucou ela.

Ele franziu o cenho.

— Por que não?

Ela ficou em silêncio, olhando para os próprios pés. Raffi brincou ansiosamente com o globo de vidro em seu bolso.

— Preciso lhe contar uma coisa. — Galen, porém, a fitou de maneira tão penetrante que ela não conseguiu; pela primeira vez na vida, sentia medo de falar. Várias mentiras pipocaram em sua mente, histórias convincentes, desculpas; afastou-as com determinação.

Ao falar, sua voz soou desafiadora.

— Galen, eu os enganei. Não sou quem disse ser. Sou uma espiã. Trabalho para os Vigias.

Pronto, dissera. Ele nem sequer piscou, seus olhos continuaram sombrios e penetrantes. Carys desviou os dela, porém a resposta dele a fez se virar novamente, atônita.

— Eu sei.

23

Eles foram atacados pelas criaturas de Kest. Só que Flain havia construído um labirinto na frente da Casa, e as feras e pássaros monstruosos se perderam nele.

De repente, Kest apareceu chorando.

— Irei remediar o dano que causei — declarou. — Vou destruir os monstros que criei.

Ele pegou suas armas e desapareceu na escuridão do labirinto, à caça de suas criaturas monstruosas.

Livro das Sete Luas

TODOS SE VIRARAM para ele, surpresos. De repente, o Sekoi soltou uma risada ronronada.

— Você já sabia? — Raffi perguntou num suspiro.

— Desde o começo. — Galen esfregou a perna calmamente. — Desde a primeira vez em que a vi ao lado da árvore.

Carys o observava.

— Não é possível!

— E, enquanto prosseguíamos, tive cada vez mais certeza. O diário dela é muito interessante, Raffi. Você devia lê-lo.

— Você... — Ela fez que não, sem conseguir acreditar. — Você o decifrou?

— Algumas vezes. — Ele abriu um sorriso amargurado. — Sinto muito, Carys, mas você é que foi enganada. Eu a mantive conosco porque sabia que você nos seria útil. Que manteria os Vigias longe da gente e nos ajudaria a chegar aonde precisávamos ir. E eu estava certo. Foi o que aconteceu nos portões, por exemplo.

Confusa, ela se sentou. O Sekoi ronronava, extasiado, o pelo todo eriçado.

A CIDADE SOMBRIA

— Maravilha — murmurou. — Maravilha.

— Certifiquei-me de que você fosse na primeira carroça. Eu sabia que não havia como entrar na cidade, mas achei que você iria persuadi-los. Também pensei que pudesse vir a nos ser útil caso fôssemos capturados. — Esfregou o pescoço dolorido. — Sorte a minha.

Não havia nada, nada, que ela pudesse dizer. O choque da revelação foi como uma ducha gelada que a deixou tremendo de frio. O tempo todo achara que tinha sido tão esperta... Estremeceu ao pensar no próprio orgulho ferido. Todo aquele tempo. Agora entendia como Raffi devia ter se sentido.

O aprendiz estava furioso.

— Por que você não me contou?

Galen o fitou com seriedade.

— Porque sou o mestre, garoto. Guardo meus segredos. Além disso, você teria deixado escapar inúmeras vezes. Você não sabe mentir muito bem.

Estupefato, Raffi se calou. Galen inclinou-se para a frente.

— Mas estou surpreso, Carys, que você tenha contado a eles. Quando a vi na cela, achei que tivesse fingido ter sido capturada. Então, de que lado você realmente está?

Ela permaneceu quieta. Todos a observavam. De repente, disse baixinho:

— Até encontrar vocês, eu só conhecia os Vigias, Galen. Nunca tinha conversado com nenhum guardião. Vocês fizeram algumas coisas...

Ele assentiu com um meneio de cabeça, os cabelos compridos pendendo para a frente.

A CASA DAS ÁRVORES

— Eles lhe disseram que era tudo ilusão.

— Mas por quê? — Ela ergueu os olhos para ele, o rosto afogueado. — Estou começando a ver algumas coisas que tinham nos dito serem meras ilusões. Não sei mais no que acreditar. Aí, quando você foi capturado... — Deu de ombros. — Eu só queria tirá-lo de lá.

Galen a fitou, os olhos mais brandos.

O Sekoi remexeu-se, incomodado.

— Muito comovente — murmurou. — Desculpe-me por dizer isso, guardião, mas talvez seja tudo mentira. Talvez ela só queira que nós a levemos até o Corvo. Foi por isso que o tirou de lá.

— Eu quero mesmo — declarou Carys.

— Certo. Mas somente para esclarecer suas próprias dúvidas? Ou para entregar todos nós quando o encontrar? Capturar o Corvo lhe garantiria uma grande recompensa em ouro, com certeza. — Seus olhos cintilaram, amarelos.

— Quero fazer isso por mim — rebateu ela.

— Prove — Galen pediu baixinho.

— Como?

— Deixe sua arma aqui.

Ela o fitou, atônita.

— Isso é loucura! A cidade está cheia de perigos. Nós ficaríamos sem proteção alguma!

— Faça isso como um ato de fé. — Os olhos escuros a analisaram atentamente. — Guardiões não carregam armas.

— Carregam, sim — retrucou a menina. — Armas invisíveis.

— Eu não possuo nenhuma, Carys.

Ela desviou os olhos.

— Certo, mas deixá-la aqui?! É burrice!

A CIDADE SOMBRIA

— Isso irá nos provar que você está falando sério.

Ela se virou; fitou-o por um longo tempo e, em seguida, pousou os olhos em Raffi, que não disse nada. Por fim, puxou a balestra pendurada nas costas e a soltou no chão.

— Eu devo estar louca!

Irritada, jogou as flechas sobre a arma.

— Não é de admirar que a Ordem tenha sido dizimada!

— Mas ela não foi. Não ainda. — Galen pegou o globo da mão de Raffi. — E nunca será. Não enquanto tivermos fé.

Dizendo isso, um forte estrondo ecoou no céu lá fora, fazendo todos se levantarem num pulo. O Sekoi aproximou-se da janela e olhou para fora; os outros viram seu rosto ser iluminado por fachos de luz vermelha.

— Acho bom vocês darem uma olhada nisso — sibilou.

Raffi se juntou a ele. Outro estampido cortou os céus. O aprendiz viu uma língua vermelha explodindo na escuridão; ela caiu em flocos atrás das paredes altas.

— O que foi isso?

— Sinalizadores. — O Sekoi puxou a cabeça de volta. — Os Vigias encontraram os homens petrificados sob o arco. Precisamos sair daqui.

— Mas com muito cuidado — acrescentou Carys. — Eles vão dobrar o número de patrulhas.

Ela pulou a janela atrás do Sekoi, mas Raffi a viu lançar um último olhar de relance por cima do ombro para a balestra; um olhar desesperado, amargo. Em seguida, foi a vez dele de pular atrás dela.

Galen os apressou. Eles se moviam como sombras pelos palácios em ruínas. Em pouco tempo, os prédios ficaram para trás; a cidade se transformou numa desolação de espirais sibilantes de fumaça desprendendo-se das rachaduras; esqueletos de muros despontavam aqui e ali. Não havia mais ruas; a destruição resumira tudo a disformes pilhas de pedras. Passaram correndo pelos pedaços de uma estátua gigantesca; Raffi viu uma das mãos caída no chão, tão grande quanto uma sala, apontando para o céu e, ainda no lugar de origem, um enorme pé descalço, cujos dedos gigantescos pareciam pequenas colinas que eles foram obrigados a escalar.

O fedor tornou-se mais intenso. As sombras dos dracos deslizavam acima de suas cabeças, acompanhadas por guinchos agudos. Raffi escorregou e saiu patinando atrás dos outros, feliz pelo globo estar com Galen; caíra tantas vezes que já o teria quebrado.

Atravessaram correndo uma larga praça, os pés raspando as pedras. No centro havia uma pilastra tão alta que o topo desaparecia na escuridão. Galen parou e viu que todos os lados estavam cobertos por letras criptografadas.

Raffi o puxou pelo braço.

— Não podemos parar.

— Olhe só isso. Tem centenas de anos. Imagine os segredos que ela guarda.

— Depressa! — o murmúrio do Sekoi soou de algum lugar na escuridão. — Posso sentir o cheiro deles. Os Vigias estão perto!

Eles terminaram de atravessar a praça. A extremidade oposta estava imersa numa negritude silenciosa; ao penetrá-la, Raffi escutou o grito de Carys ao mesmo tempo em que sentia a água encharcando-o até os joelhos. Recuou aos tropeções.

— Está inundado — bufou o Sekoi.

Eles observaram o cenário assustador. Um portal e algumas pilastras quebradas despontavam em meio à água. Vapores pairavam acima da superfície, pontilhada por uma vegetação grossa que de alguma forma conseguira florescer ali; ela se espalhava por cima dos muros destruídos como uma erupção de pele. Os quatro se viram imersos em vapores; o solo tornara-se pantanoso, exalando um cheiro de enxofre e um calor invisível.

Raffi puxou o pé.

— Precisamos contornar. — Galen olhou de relance por cima do ombro. — Tomem cuidado. O chão pode ser traiçoeiro.

Eles haviam chegado ao coração de Tasceron, um brejo de salões em ruínas. Restos de esculturas sobressaíam aqui e ali: a metade de um corpo, um rosto quebrado; estranhos obeliscos e portais que não levavam a lugar algum, erguendo-se solitários no meio do lago. Com cuidado, foram contornando o pântano, escalando muros e pulando por cima dos buracos e fendas.

Por fim, Galen parou e debruçou-se sobre o mapa.

— Estamos perto. Precisamos encontrar uma árvore.

— Aqui?! — O Sekoi passou os olhos em volta, procurando.

— Isso mesmo. Uma faia.

Raffi o fitou. A faia era a primeira de todas as árvores, a árvore de Flain. Ela cedera seus galhos para a construção da Casa das Árvores. Será que estavam tão perto assim?

— Espalhem-se — Galen amassou o mapa. — Rápido!

Virando-se, Raffi mergulhou por debaixo de um muro e entrou num jardim enegrecido. Os arbustos espinhosos chegavam à altura da cintura; com os braços levantados, o aprendiz foi abrindo caminho entre eles, evitando as áreas mais densas, arranhando-se nos espinhos. De repente, um grito abafado o fez estancar.

— Galen! Aqui!

A CASA DAS ÁRVORES

Rasgando o casaco na pressa, ele voltou e encontrou Carys junto a um pedaço de tronco retorcido e deformado. O guardião a empurrou para o lado e curvou-se para analisá-lo. Soltou um assobio de satisfação.

— Isso mesmo.

— Guardião. — A voz do Sekoi soou calma e fria. Todos se voltaram para ele; seus olhos amarelos estavam estreitados. — Estamos sendo observados.

— Linhas de proteção, Raffi! — rosnou Galen. — Agora!

O aprendiz as conjurou em silêncio e sentiu a presença dos homens, muitos deles, correndo silenciosamente, como fantasmas, por entre os arcos em ruínas. Galen estava agachado, tateando o chão.

— Rápido! Tem que estar aqui! Uma abertura de alguma espécie!

Um deslizamento de pedras ecoou atrás deles. O Sekoi se arrepiou.

— Não temos tempo para procurar, guardião.

— Precisamos encontrá-la.

Carys se agachou ao lado dele.

— Eu devia ter trazido a minha balestra — murmurou.

Desesperados e loucos de pressa, continuaram tateando os destroços dos antigos aposentos: vasos quebrados, xícaras, ladrilhos, tijolos e mosaicos, cacos de vidro que cintilavam na névoa.

Ao puxar uma farpa da ponta do dedo, Raffi sentiu as linhas de proteção se partindo, uma depois da outra.

— Eles estão aqui! — exclamou, ofegante.

— Não quero saber! — rugiu Galen. — Encontrem a entrada!

Suando de preocupação e tonto pelo esforço de manter as linhas de proteção, Raffi afastou uma pilha de escombros e sentiu o coração dar um pulo ao ver um rosto sobressair no chão coberto de musgo. Era uma máscara enorme de cobre batido, presa com rebites, e, sobre a testa, quase que totalmente pisoteado, um conjunto de seis pequenos círculos com o sétimo no meio.

— As luas!

— O quê? — Num pulo, Galen se postou ao lado dele. Com as mãos sobre a máscara e os dedos esticados, tateou em busca das marcas e dos símbolos que Raffi não conseguia enxergar.

Um apito soou atrás deles; outro respondeu, o som veio da esquerda, de algum lugar ao longe.

Pouco depois, uma voz se destacou alto e bom som na escuridão:

— Galen Harn! Escute!

Carys ergueu a cabeça.

— Galen Harn! — a voz rugiu novamente. — Esse é o fim da linha! Vocês estão cercados, guardião, portanto apareça e apresente seus amigos. Não tente nada. Estamos armados.

Galen parou de tatear. Sob suas mãos, a tampa do alçapão se movera; ela se desprendeu com um leve ranger. Um cheiro seco, embolorado, elevou-se pela fresta.

— Peguem alguma coisa para ajudar a içá-la! — murmurou ele.

O Sekoi meteu um galho pela fresta; ele se partiu, mas foi o suficiente para erguer a tampa de pedra do alçapão. A escuridão envolta em vapores com a qual se depararam deixou todos desanimados, até o castelão gritar novamente.

— Apareça, guardião! Ou vamos até aí pegar vocês!

— Desçam — ordenou Galen.

Raffi foi o primeiro, e Carys o seguiu. Havia uma escada; seus pés encontraram os degraus e ele desceu rápido, tomando cuidado para não cair. Alguns corpos deslizaram acima de sua cabeça, provocando uma chuva de terra.

Por fim, o alçapão foi fechado.

— Fiquem quietos — sussurrou Galen. — Não se mexam!

O silêncio que circundava o aprendiz parecia respirar. Ele podia sentir o cotovelo de Carys em seu peito. Ao olhar para baixo, viu somente trevas, porém o som de algo pequenino caindo num lago ecoou ao longe, bem lá embaixo.

Gritos abafados soaram na cidade acima. Alguma coisa arranhou a tampa do alçapão; Raffi teve uma súbita visão de um Vigia parado sobre ela e, em seguida, viu o homem como se o observasse através dos olhos da máscara de cobre. Cambaleou, tonto; Carys o segurou. Ela não disse nada, mas continuou segurando-o com força.

Os gritos e ruídos de pés esmoreceram.

Passado um tempo, Galen sussurrou:

— Vamos lá, Raffi, o mais rápido que você puder. Eles não vão levar muito tempo para encontrar a entrada.

Raffi abriu os braços e tateou em busca das paredes. Encontrou apenas uma, à direita; com a mão apoiada nela, começou a descer. Ali dentro era quente e abafado. Os degraus pareciam largos, mas as beiradas estavam quebradas, tornando-os traiçoeiros. Enquanto descia, esperou que seus olhos se acostumassem à escuridão, porém tudo o que conseguiu enxergar foram as trevas.

Seu pé tocou o chão. Deu alguns passos com cuidado. Não havia mais degraus.

— Cheguei à base. — Sua voz ecoou como se estivesse num grande poço.

Esperou até todos terminarem de descer, incapaz de enxergar o que quer que fosse.

A CIDADE SOMBRIA

— Devíamos ter trazido alguma luz.

— Talvez nós tenhamos. — A voz de Galen soou próxima; ele parecia satisfeito.

Algo brilhou acima do ombro de Raffi; virando-se, viu que o guardião segurava o globo no alto. Ele cintilava suavemente, uma luz pálida que incidiu sobre o rosto astuto do Sekoi e o de Carys, ambos maravilhados.

— Como você...? — soltou num suspiro, mas Galen fez que não.

— Não sou eu. Ele irá mostrar o caminho a seguir.

Uma pancada soou acima de suas cabeças. Galen passou na frente do aprendiz.

— Depressa! Por aqui.

Eles perceberam que estavam num corredor extraordinário, tão estreito que as laterais do corpo roçavam as paredes, e tão alto que o teto se perdia na escuridão. Com o globo na mão, Galen liderava o grupo; o brilho foi aumentando de intensidade à medida que prosseguiam, projetando sombras enormes nas paredes. O corredor tinha sido escavado na terra, e, em ambos os lados, havia nichos profundos, decorados com placas e símbolos incrustados. Alguns tão fora de alcance que Raffi chegou à conclusão de que o piso devia ter sido escavado mais e mais a cada ano.

— Que buracos são esses? — perguntou Carys.

— Túmulos — respondeu Raffi, maravilhado. — Os primeiros arquiguardiões foram enterrados perto da Casa das Árvores. Imagine quão antigos eles devem ser, Carys.

Ela anuiu com um menear de cabeça, mas, então, ele se lembrou de que Carys era uma Vigia, e ficou zangado com ela, consigo mesmo e com todo o resto.

A CASA DAS ÁRVORES

De repente, eles se depararam com outro túnel, outro corredor idêntico. O caminho à frente dividia-se em dois.

— Encontramos o labirinto — Galen falou de supetão. — Capítulo cinquenta e seis, Raffi.

Sem pensar, o aprendiz recitou o texto em voz alta:

— O caminho para a Casa das Árvores é um labirinto de opções e escolhas. Sábio é aquele que o percorre com cuidado, pois não sabe o que irá encontrar caso tome a direção errada.

— Eu sempre achei que isso fosse uma metáfora. — Galen fez que não, e o colar de contas verdes cintilou. — Mas é um labirinto de verdade.

— Como vamos atravessá-lo?

— Com a ajuda do globo. — O guardião o ergueu delicadamente diante da entrada de cada bifurcação. Na da esquerda, ele pareceu brilhar com um pouco mais de intensidade.

— Vamos tentar essa.

Enquanto os seguia pelo túnel, Carys murmurou:

— A gente devia deixar um rastro. Para conseguirmos sair de novo.

O Sekoi bufou.

— Claro, os Vigias vão adorar.

— Aposto que sim. — Ela parecia estar rindo. Raffi deu uma rápida espiada por cima do ombro e Carys respondeu com uma piscadinha. Atrás dela, o Sekoi parecia infeliz. Confuso, o aprendiz continuou seguindo o guardião.

O labirinto era complexo. Eles andavam o mais rápido que podiam, mas as passagens foram ficando cada vez mais estreitas. Além disso, havia tantas bifurcações que Galen tinha que entrar um pouquinho em cada uma, observando o globo com atenção.

A CIDADE SOMBRIA

Por duas vezes, tomaram o caminho errado, e tiveram que voltar ao notarem que o brilho diminuía de intensidade.

De repente, o Sekoi sibilou:

— Escutem!

Algo se moveu ao longe. Um murmúrio ecoou.

— Eles entraram. — O guardião apressou o passo. — Não há muito que possamos fazer com relação a isso.

Sentindo o chão de terra macia sob seus pés, Raffi deu-se conta de que os Vigias conseguiriam segui-los facilmente. Tudo o que eles precisavam era de uma lanterna. Imaginou se Carys já sabia disso e tinha falado sobre deixar um rastro só para implicar com ele. Não fazia ideia. Não sabia nada a respeito dela.

Distraído, bateu de encontro às costas de Galen. O guardião ergueu o globo. Ele brilhava intensamente, uma luz branca pulsante. Viram que as paredes em redor deles não eram mais de terra; elas agora pareciam uma estranha malha entrelaçada. Limpando a poeira com a mão, Raffi notou que eram galhos, centenas de galhos de diferentes árvores que haviam crescido e se entrelaçado. Galen levantou ainda mais o globo e eles perceberam que estavam diante de um imenso portal, os batentes e o dintel feitos de faias vivas, enegrecidas pela idade. Entalhada na madeira aromática estava a marca dos Criadores, as sete luas.

Após alguns instantes, Galen começou a recitar as palavras consagradas. Elas soavam lentas e sonoras; as antigas palavras dos Criadores, cujo significado quase ninguém mais conhecia. Raffi dizia as respostas; os túneis por onde eles tinham vindo pareciam sussurrar em coro, como se todos os mortos também se lembrassem delas. O Sekoi estava inquieto, lançando olhares por cima

A CASA DAS ÁRVORES

do ombro, enquanto Carys fitava o portal como se do outro lado todos os seus piores pesadelos pudessem se tornar reais.

Enterrada sob a cidade, eles haviam encontrado a Casa das Árvores.

O problema era, pensou Raffi, pegando o globo da mão de Galen, que tinham levado os Vigias até ela.

— Depressa — murmurou o Sekoi.

O guardião aproximou-se das portas e colocou as duas mãos sobre elas. Empurrou com força, como se esperasse que estivessem trancadas ou emperradas, porém, para surpresa de todos, as portas de madeira se abriram suavemente com um leve silvo.

De dentro da Casa saiu uma luz.

Uma luz ofuscante.

24

Não podemos reverter a traição dele. Uma vez tendo o mal penetrado o mundo, quem conseguirá extirpá-lo?

Litania dos Criadores

GALEN FOI AO encontro da luz. Enquanto o seguia, Raffi passou os olhos em torno, maravilhado. O enorme salão resplandecia com cubos de luz dispostos sobre pedestais junto às paredes. Tudo era feito de madeira: o piso era de tábuas corridas e as paredes, de galhos de árvores vivas que haviam crescido e se entrelaçado, formando uma escultura fantástica. Como isso fora feito, o aprendiz não fazia ideia. As fragrâncias amadeiradas eram doces e fortes. Inspirou fundo; elas o acalmavam, tal como a floresta à noite.

    Havia relíquias por todos os lados, dispostas em estranhos arranjos; caixas de diversos tamanhos, louças e pratos de materiais esquisitos, estátuas, quadros, livros. Um conjunto de pequeninos discos brilhantes que cintilaram com o esplendor do arco-íris quando Galen ergueu um deles. Tudo estrategicamente arrumado, exposto. Entre as relíquias havia centenas de velas queimadas até a metade, todas portando a marca dos Criadores. Era um santuário, intocado desde que o segredo de sua localização morrera juntamente com o último arquiguardião a fechar as grandes portas da Casa. Ao fundo, um leve zumbido parecia emanar de todos os lados, quase baixo demais para que pudessem escutar.

— Que coisas são essas? — Carys tocou num prato.

— Os pertences dos Criadores — respondeu Galen. Ela se virou para ele. O rosto do guardião estava sério, mas por dentro ele se sentia exultante; a felicidade era perceptível na voz embargada e no brilho dos olhos. — Eles viviam aqui. Esta era a casa de Flain. A Ordem a manteve do jeito como ele a deixou, sem tirar nem pôr. Este é o lugar mais sagrado de todos. — Esfregou o rosto, inquieto. — Estamos profanando-o ao trazermos estranhos aqui.

O Sekoi lançou um olhar por cima do ombro.

— Guardião, precisamos fechar aquelas portas.

Como Galen não deu sinal de ter escutado, ele correu até as portas; Raffi o acompanhou.

— Galen está extasiado — murmurou a criatura. — Ele nem sequer escuta. Mas não podemos nos esquecer dos Vigias. Depressa, Raffi.

Os dois fecharam as grandes portas, mas, aparentemente, não havia como trancá-las. Correndo os olhos em volta, o Sekoi notou uma pesada mesa e começou a tentar arrastá-la.

— Ajude-me! — sibilou.

Por um segundo, Raffi ficou sem reação, apavorado com a ideia de tirar qualquer coisa do lugar; mas, então, começou a empurrar a mesa de madeira escura. Afinal de contas, não sobraria nada mesmo se os Vigias conseguissem entrar.

Eles escoraram a mesa contra as portas. Galen observava.

— Isso não irá impedi-los. — Virou-se. — Venham aqui ver uma coisa.

A CASA DAS ÁRVORES

Era uma figura num livro. Não uma ilustração. Uma figura real. Raffi observou, sentindo a pele se arrepiar, maravilhado. Estava olhando para um outro mundo.

O céu era muito escuro, de um negrume jamais visto; uma lua destacava-se no meio dele, apenas uma, porém gigantesca, com manchas escuras sobre a superfície e crateras brilhantes. À sua volta, estrelas cintilavam em padrões desconhecidos, emitindo um brilho gelado.

Com as mãos trêmulas, Galen folheou os outros livros. Viu imagens de animais, árvores e pássaros, alguns como as corujas e os abelharucos que eles já conheciam; outros, porém, quase fizeram Carys se engasgar — feras enormes e cinzentas, felinos rajados, uma miríade de espécies estranhas com formas bizarras e cores intrincadas, totalmente desconhecidas.

O Sekoi começou a roer as unhas.

— Galen...

— Um outro mundo — comentou o guardião, absorto no livro. — O mundo dos Criadores!

Eles escutaram uma batida na porta. A mesa estremeceu.

O guardião nem sequer reparou. Seus olhos estavam fixos num pequeno aparelho prateado sobre a mesa no centro do salão. Aproximou-se dele e o tocou, estupefato. Havia um painel com cinco botões, como Raffi já vira em algumas relíquias; deviam servir para operá-lo. Cada um deles com um símbolo desconhecido dentro de um círculo e, acima, os dizeres: Painel de comunicações — outros mundos.

O formato do painel fez Raffi esquecer as batidas na porta e o martelar do próprio coração. O mais secreto de todos os símbolos,

A CIDADE SOMBRIA

a imagem representativa da Ordem: um pássaro negro com as asas abertas, segurando um globo.

O Corvo!

Com os olhos pregados no pássaro, disse:

— Mas o Corvo é um homem!

Algo se chocou contra a porta. Carys virou-se rapidamente.

— Não. O Corvo é uma relíquia. — Galen permaneceu imóvel por meio segundo; em seguida, agarrou Raffi e o empurrou para trás. — Bloqueiem a porta! Mantenham os Vigias fora daqui! Façam o que for preciso!

Seus dedos começaram a dançar febrilmente sobre o painel.

Raffi e o Sekoi se jogaram contra a mesa; empurraram-na de volta e pegaram tudo o que podiam para ajudar a escorá-la.

— Mais! — gritou o Sekoi.

— Não temos mais nada grande o bastante!

— Então faça alguma coisa. — Carys puxou o aprendiz pela mão. — Você consegue, Raffi!

Fechando os olhos, o aprendiz lançou linhas de força em torno da mesa, amarrando-as o melhor que podia com todas as energias que conseguiu conjurar. Achou mais fácil do que antes, como se os Criadores ainda estivessem ali; a própria terra daquele lugar era sagrada, ela lhe dava poder, o alimentava, e ele riu em voz alta.

A porta estremeceu. Alguém lá fora gritou, zangado.

Ele correu de volta até Galen.

— Está funcionando?

— Ainda não! Ainda não! — O guardião estava com uma expressão tensa. Seus dedos martelavam cada símbolo, testando freneticamente diferentes combinações. O Sekoi se agachou atrás dele, o pelo eriçado.

A CASA DAS ÁRVORES

Carys agarrou a mesa.

— Talvez ele não esteja funcionando. É tão antigo...!

— Quieta! Reze, Raffi. Reze.

Ele nem precisava pedir. O Corvo, porém, continuava em silêncio. Nenhuma fagulha, nenhum estremecimento de vida.

De repente, o salão começou a zumbir. Maravilhados, eles correram os olhos em torno. O zumbido parecia vir de todos os lugares e de lugar algum; ele pairava no ar, mas, ao mesmo tempo, parecia distante — pequenos chiados e zunidos, o som de alguém escutando.

— Criadores. Vocês podem me ouvir? — Galen perguntou num sussurro.

Alguém respondeu. Era a voz de um fantasma, confusa, distorcida pelas explosões de estática. Tudo o que eles sabiam era que uma pergunta havia sido feita. O guardião tremia, pálido de medo e felicidade. Juntou as mãos em oração.

— Escutem-nos — pediu, ofegante. — Precisamos de vocês! Ouçam-nos, mestres.

Os Criadores responderam, parecendo longe, a anos-luz de distância.

— *Estamos ouvindo. Quem está falando? Em que frequência você está?*

A voz de Galen soou insegura.

— Sou Galen Harn, da Ordem dos Guardiões. Mestres, venham para cá! O mundo está resvalando para a escuridão. Tasceron caiu; o Imperador está morto. Vocês sabem o que está acontecendo no nosso mundo, mestres? Precisamos de vocês! Venham para cá!

Um chiado de estática. Atrás deles, as portas começavam a ceder; cadeiras despencaram. Apenas o Sekoi olhou para trás.

A CIDADE SOMBRIA

A voz soou novamente, só que falhada, as palavras emboladas e lentas, como se alguém tentasse falar de forma clara e rápida, repetindo-as incessantemente.

— *Que... mundo? Que mundo?*

Galen fez o sinal da bênção.

— Anara — suspirou. — Há outros?

A resposta veio acompanhada por uma série de chiados.

— *Esperem... anos-luz. Vocês são... colonos?*

O guardião fechou as mãos em volta da borda da mesa.

— Repitam — pediu. — O que foi que vocês disseram? Vocês vão vir? — Mas o chiado esmoreceu até sumir.

O Corvo recaiu em silêncio.

Galen debruçou-se sobre ele, o rosto sombrio. Em seguida, empertigou-se lentamente, e seus olhos encontraram os de Raffi.

— Eles disseram que viriam. Disseram: "Esperem."

— Não tenho tanta certeza...

— Eles virão, Raffi! Sei que virão!

Com um estalo que deixou Raffi enjoado, as linhas de força se romperam. As portas foram escancaradas e os homens começaram a pular a mesa.

Galen se virou, mas permaneceu parado na frente do Corvo. Os Vigias o fitaram e, em seguida, correram os olhos em volta, curiosos. Cada um deles empunhava uma balestra carregada, todas apontando para o guardião. Tonto, Raffi se levantou e observou o castelão abrir caminho entre seus homens.

Era um homem grisalho e barbudo. Ele cruzou os braços e os observou por alguns instantes, calado.

— Hoje é um grande dia para os Vigias — disse baixinho.

A CASA DAS ÁRVORES

Carys foi a primeira a se mover. Saindo de detrás do Sekoi, falou, irritada:

— Já não era sem tempo! Onde vocês estavam?

Raffi a fitou, horrorizado.

O castelão sorriu.

— Tivemos alguns probleminhas. Estava esperando que a gente chegasse logo, é?

Ela deu de ombros e andou até ele.

— Eles já sabem quem eu sou. As coisas estavam ficando um pouco difíceis.

— Então, o que foi que eu perdi?

Ela se virou e olhou para Galen, o rosto com uma expressão dura, impassível.

— O guardião irá lhe contar. Mostre a eles o Corvo, Galen. Mostre, agora!

25

*As folhas das árvores irão gritar em júbilo,
pois, vejam, as estrelas se pronunciaram.*

Apocalipse de Tamar

GALEN SE VIROU para ela. Seus olhos se encontraram. Deu um passou para trás, deixando a mesa com o Corvo entre eles, e abriu as mãos sobre a relíquia. Para Raffi, foi um momento de puro desespero. Ela contara a eles. Estava tudo acabado.

De repente, a luz diminuiu de intensidade. Os Vigias olharam em volta, atônitos.

– Tire as mãos de cima do aparelho – ordenou o castelão, de modo brusco.

Galen ergueu os olhos. Sua expressão era selvagem e triunfante.

– Tarde demais.

Raios chamejantes desprenderam-se dele como línguas de fogo e explodiram no meio dos Vigias, que com um grito soltaram as balestras e correram cada um para um lado. Dois se viraram e fugiram. As portas se fecharam com força.

– Peguem as armas! – bradou o castelão. Ele próprio pegou uma, mirou e atirou em Galen. Raffi soltou um grito estrangulado, mas a flecha explodiu em brilhantes chamas verdes e pretas, para, em seguida, partir-se em mil pedacinhos, que foram lançados através do salão.

Os Vigias observaram, boquiabertos e petrificados.

— Peguem as armas deles — Galen ordenou com rispidez.

O Sekoi não esperou segunda ordem. Passou por ele e, com um sorriso largo e presunçoso estampado no rosto e a vantagem dos seus sete dedos, pegou todas as balestras rapidamente das mãos dos Vigias. Em seguida, soltou-as numa pilha próxima à parede e montou guarda ao lado delas.

— O que... quem é você? — murmurou o castelão.

As luzes piscaram, tornando-se verdes. Galen estava parado ao lado do aparelho. O poder que emanava dele parecia preenchê-lo e extravasar por seus poros; Raffi podia senti-lo exultando de felicidade pelo poder que o inundava.

— *Eu sou o Corvo* — suspirou. Sua voz soou rouca, estranha; na claridade, os olhos brilharam negros.

Raffi pegou-se tremendo, morto de medo, as mãos unidas no sinal da bênção. O Sekoi agachou-se ao lado dele e pousou a mão em seu ombro.

Foi Carys quem respondeu, vibrando de excitação.

— Como você pode ser o Corvo?

Galen estava mais alto, o rosto aduncto e escuro. A energia fluía por ele em centelhas e faíscas coloridas; Raffi viu raios azuis, roxos e prata cintilarem na escuridão. Uma sombra imensa pairava atrás do guardião, parecendo ondular e farfalhar.

— Eu sou o Corvo! Permaneci enterrado tempo demais no escuro — gritou, e sua voz soou dura. Era a voz de Galen, porém transformada. — Mas agora me levantei. Veja, Anara, chamei os Criadores de volta para cá; através do vazio e da escuridão, eu os invoco! Eles

A CASA DAS ÁRVORES

virão em naves de prata e cristal, Flain e Tamar, e Soren, a senhora das árvores... até mesmo Kest virá... eles irão dispersar a escuridão e destruir as torres dos Vigias. Esta é a minha profecia! Eu lhes falo a verdade! Eles me disseram que virão, e ninguém conseguirá impedi-los!

Ele abriu os braços e a sombra tornou-se ainda maior. À sua volta, as paredes sussurravam, brotando; Raffi notou que as árvores estavam vivas, crescendo, florescendo em folhas e frutos. Os Vigias gritaram; alguns se encolheram no chão, aterrorizados. Atrás deles, as portas vibravam, emitindo um estranho zumbido elétrico, e os símbolos incrustados nela brilhavam em tons de verde e dourado.

E, então, com um brado de felicidade, Galen conjurou as sete luas, e elas surgiram da escuridão em meio a faíscas de poder: Pyra e Agramon, Atterix, o rosto esburacado de Cyrax, Lar, Karnos, as crateras de Atelgar. Elas se moveram nas formações certas — primeiro a Teia, depois o Anel e, por fim, o Arco —, e Raffi soltou uma gargalhada ao vê-las; atrás dele, o Sekoi ronronou, a mão apertando seu ombro com força.

Como se não pudesse se cansar de seu recém-descoberto poder, Galen continuava a despejá-lo. Conjurou linhas de proteção que serpenteavam e se entrelaçavam, centelhas brilhantes e aromáticas, rios e arco-íris de energia que jorravam e crepitavam, acendendo todos os milhares de velas com um único e poderoso rugir das chamas.

De repente, ele parou, imóvel, e o silêncio voltou a reinar no salão enfumaçado e reluzente. As luzes tremeluziram, tornando-se mais intensas. Eles se viram num salão de folhas — milhões de folhas verdejantes que cheiravam a primavera. Havia, também, frutas e gigantescos girassóis.

A CIDADE SOMBRIA

Os Vigias continuavam encolhidos no chão ao lado da porta. Carys sentara-se perto deles. Parecia extasiada demais para falar, mas bem acordada, e, ao ver Raffi aproximando-se, ela se levantou, ainda que meio cambaleante.

— Você está bem? — perguntou ele.

Ela fez que sim, mas não disse nada.

Galen veio juntar-se a eles. Parecia cansado, os cabelos negros como as asas de um corvo pendiam soltos em volta do pescoço, mas, ainda assim, o ar em volta dele parecia estalar.

— Como você soube? — Ele a agarrou pelas mãos. — Como você soube, Carys?

Ela arregalou os olhos, como se o toque dele a queimasse.

— Eu não... não tenho certeza, eu só... senti que você conseguiria.

— Mas você contou a eles... — começou Raffi.

— Não seja ridículo. Eu tinha que fazer alguma coisa. Você acha que eu queria que isso acontecesse?

— Não sei. — Ele a encarou. — Não sei mais quem você é.

Ela o fitou de volta, furiosa.

— Bom, nem eu, Raffi! Antes de conhecer vocês, tudo era muito simples! As coisas eram claras. A Ordem era uma fraude composta por fanáticos, os Vigias eram a minha família e eu queria Galen Harn, vivo ou morto!

Carys baixou os olhos para as próprias mãos.

— Tudo isso ficou para trás. Nada é mais a mesma coisa. Se os poderes da Ordem são reais, então os Vigias mentiram para mim, para todos nós. Tenho amigos entre eles, bons amigos. Não vou permitir que continuem sendo enganados.

— Se você voltar — Galen falou baixinho —, eles podem vir a notar suas dúvidas. Acho que você deveria ficar conosco, Carys.

A CASA DAS ÁRVORES

Ela lhe lançou um olhar penetrante, os olhos duros.

— Não posso.

— Guardião, não pode deixá-la ir embora — interveio o Sekoi, levantando-se do canto onde estava sentado. — Nem ela nem nenhum dos outros. Eles agora sabem onde fica este santuário.

— Tenho o poder — Galen respondeu calmamente — de apagar isso da mente deles. — Ignorando o olhar de Raffi, acrescentou: — E irei fazer isso com os homens. Mas com você...

Ele deu um passo à frente e a fitou no fundo dos olhos.

— Agora é a minha vez de demonstrar fé. Guarde esse conhecimento. Ele irá trabalhar dentro de você, Carys. Irá trazê-la de volta para nós. Um dia.

Ela sorriu, sem graça.

— Sempre tentando converter os desgarrados, não é mesmo, Galen?

Ele anuiu com um meneio de cabeça.

— Mas volte logo. Os Criadores virão, e eu odiaria que eles a encontrassem entre os Vigias.

— Os Vigias são meu pai e minha mãe. — Fez que não com a cabeça. — Pelo menos, eu achava que eram. Mas não posso simplesmente apagar todo o meu treinamento. Preciso pensar nas coisas, descobrir a verdade.

— Você nunca descobrirá. Mas faça suas perguntas com cuidado. Se eles suspeitarem...

— Eu sei. — Ela fez uma careta. — Já vi pessoas desaparecerem. Sei o que acontece com elas melhor do que você.

O guardião a encarou por alguns instantes com uma expressão totalmente nova e, em seguida, se virou. Debruçou-se sobre

A CIDADE SOMBRIA

os Vigias e sussurrou alguma coisa. Para surpresa de Raffi, todos se levantaram, mas sem nenhuma consciência nem lembrança.

– Conduza-os pelo labirinto – pediu ao Sekoi. – Eles irão segui-lo.

– Guardião...!

– Não se preocupe. Eles não são perigosos.

Com uma careta irônica para Raffi, a criatura deu de ombros e se virou. As portas se abriram para ele passar; os Vigias o seguiram como um bando de carneirinhos obedientes. Nenhum deles olhou para trás.

Galen correu os olhos pelo salão.

– Não há mais poder algum aqui. Mesmo assim, a Casa será lacrada, e o segredo continuará guardado. – Lançou um olhar de relance para Carys. – Ninguém pode saber.

– Ah, não se preocupe – retrucou ela, pegando uma balestra na pilha. – Eles só conseguirão arrancar isso de mim sob tortura.

– Talvez chegue a isso – murmurou Raffi.

Ele saiu atrás de Galen, lançando um último olhar por cima do ombro para o salão de folhas, e entrou marchando no labirinto, pensativo. Ao alcançar a primeira bifurcação, virou-se e esperou Carys.

– Eu queria pedir desculpas. – Sentia-se estranho. – Mas estou confuso. De que lado você realmente está, Carys?

Ela o pegou pelo braço, virou-o de volta e o empurrou.

– Do meu. E é onde vou ficar até me decidir. – Ele sentiu a risadinha pelas costas. – Por enquanto essa resposta vai ter que servir.

Raffi se virou mais uma vez, bloqueando o caminho.

– Se você o trair, eu mesmo irei caçá-la. Jamais a perdoarei.

Ela fez que sim, em silêncio.

A CASA DAS ÁRVORES

— Eu sei — murmurou.

Raffi retomou a caminhada, carrancudo, imaginando se era verdade ou se ela iria correndo até os Vigias e lhes contaria tudo. Galen achava que não. Galen, que recuperara todos os seus poderes — e mais ainda. Galen, o Corvo encarnado, que havia profetizado o destino do mundo.

— Vamos ter que anotar isso — murmurou.

— O quê?

— Nada. — Ao ver a escada, subiu correndo no escuro, subitamente feliz. — Nada.

De volta à superfície, encontrou o Sekoi na praça escura, sentado impacientemente num muro baixo, roendo as unhas. Os Vigias, ao lado, formavam um grupo estranhamente silencioso.

Ele deu um pulo, aliviado.

— O que você fez com esses homens, Galen? Eles estão vivos?

Sem responder, Galen se virou para os Vigias.

— Voltem para sua torre. Vocês não se lembrarão de nada do que viram. Esqueçam-se de mim, dos outros e do nome do Corvo. Lembrem-se apenas de que sentem um medo profundo dos Criadores.

Eles simplesmente se viraram e foram embora, o castelão no meio do grupo. Por um longo tempo seus passos ecoaram pelas vielas vazias.

Quando eles sumiram de vista, Galen fechou a tampa do alçapão e, em seguida, ele e Raffi lançaram todos os encantos de invisibilidade que conheciam sobre ele, envolvendo-o, escurecendo-o, até nem mesmo Carys conseguir enxergar a pedra ao olhar para ela, como se um véu de cegueira pairasse diante dos seus olhos.

A CIDADE SOMBRIA

Por fim, Raffi olhou em torno. As ruínas de Tasceron continuavam enegrecidas pela fumaça. Uma coruja piou ao longe.

— Eu quase achei que fosse encontrar tudo diferente.

— Ainda não. — Galen jogou os cabelos para trás, irritado. — Mas quando os Criadores chegarem, poderemos reconstruir a cidade. Poderemos reconstruir tudo de novo.

O Sekoi coçou o próprio pelo.

— Você parece ter muita certeza disso, guardião.

Galen ficou em silêncio por alguns instantes, como se olhasse para dentro de si mesmo. E, então, disse:

— Eu tenho.

Eles prosseguiram lentamente pelas ruas em ruínas até alcançarem um arco quebrado. A viela atrás estava silenciosa e escura.

Carys se virou de supetão.

— Eu continuo sozinha a partir daqui.

— Ainda dá tempo de mudar de ideia! — O aprendiz soltou num impulso.

Ela deu uma risadinha.

— Não se esqueça de mim. Se os Criadores vierem, seja generoso ao falar no meu nome. — Pegando o pequeno alforje que trazia pendurado nas costas, pescou alguma coisa e a colocou nas mãos dele. — É melhor você ficar com isso. Para se lembrar de mim.

Dizendo isso, ela partiu, uma sombra bruxuleante destacada contra a escuridão da viela. Eles escutaram o som de seus passos correndo atrás dos Vigias.

Raffi baixou os olhos para as mãos; era um pequeno livro azul cheio de anotações.

— Tchau, Carys — murmurou, lançando uma longa linha de proteção atrás dela.

A CASA DAS ÁRVORES

— Não posso deixar de pensar — falou o Sekoi, de modo seco — que ela vai voltar para lá sabendo tudo o que precisava saber. Espero que tenha certeza do que está fazendo, Mestre das Relíquias.

Raffi ficou em silêncio. Foi Galen quem respondeu.

— A fé é uma árvore estranha. Plante as sementes em algum lugar e, um dia, com as condições propícias, ela irá germinar. Nós também fizemos o que tínhamos que fazer aqui. — Virou-se para a criatura. — Vamos voltar para a Pirâmide. Depois teremos que sair de Tasceron. Você pode nos ajudar?

Um sorriso iluminou o rosto astuto do Sekoi.

— Tenho certeza de que podemos dar um jeito.

— Ótimo.

— E depois? Você vai me arrastar, chutando e esperneando, de volta para Alberic?

Raffi ergueu os olhos.

— Alberic! A nossa caixa azul ainda está com ele!

Galen e o Sekoi fitaram um ao outro com um brilho estranho nos olhos. Distraído, o Sekoi chutou uma pedra solta.

— Imagino que podemos roubá-la de volta.

— Imagino que sim — concordou o guardião, sério. Em seguida, soltou uma risadinha. — Acho que, na verdade, é nossa obrigação, não concorda?

LEIA A CONTINUAÇÃO DA SÉRIE

O MESTRE DAS RELÍQUIAS

Próximo Livro: **A HERDEIRA PERDIDA**

O ESFORÇO DOS braços era uma agonia. Agarrando-se à corda, ele içou o corpo com a ajuda das mãos, dos joelhos e dos tornozelos doloridos.

— Rápido! — O Sekoi debruçou-se precariamente na varanda acima e estendeu a mão de sete dedos para ajudá-lo. Atrás dele, a parede da torre construída pelos Criadores cintilava sob a luz das luas.

Raffi deu um último e desesperado puxão, esticou o braço e agarrou a mão que o Sekoi lhe estendia. A criatura o segurou com firmeza e o puxou para a varanda, onde ele parou por alguns instantes, ofegante e molhado de suor.

— Nada mal — o Sekoi ronronou em seu ouvido. — Agora, olhe para baixo.

Abaixo deles, a noite estava um breu. Galen esperava em algum lugar na base da torre, uma sombra com o rosto aquilino voltado para cima e banhado pelo luar. Mesmo dali, Raffi conseguia sentir a tensão do guardião.

— E agora?

— A janela. — O Sekoi meteu a mão delicadamente pelo vidro quebrado. O trinco estalou. O caixilho da janela se abriu com um leve rangido.

Com o pelo fazendo cosquinha no ouvido de Raffi, murmurou:
— Entre.

O aprendiz fez que sim. Em silêncio, deslizou a perna por cima do peitoril e entrou no quarto.

Sob a luz do luar, lançou uma linha de proteção e sentiu de imediato o emaranhado de sonhos do homem sobre a cama, os guardas dormindo do lado de fora da porta e, esforçando-se um pouco mais, o brilhante eco telepático da relíquia, a familiar caixa azul.

Ela estava em algum lugar perto da cama.

Apontou. O Sekoi assentiu com um menear de cabeça, os olhos amarelos cintilando sob o luar. Raffi começou a atravessar o quarto. Sabia que não havia mais ninguém ali, mas se Alberic acordasse e gritasse, em pouco tempo haveria. O anão parecia perdido na cama enorme, entre pesadas e caras cobertas em tons de roxo e vermelho. Ao lado da cama havia uma mesinha de cabeceira, uma sombra escura de madeira envernizada, em meio à qual ele conseguiu divisar o brilho de um puxador de gaveta. A relíquia estava ali dentro.

A caixa de Galen.

Com todo o cuidado, Raffi levou a mão ao puxador.

Alberic fungou e se virou. O rosto dele ficou perto de Raffi; um rosto astuto, mesmo dormindo. Sem fazer barulho, o aprendiz abriu a gaveta, meteu os dedos e tocou a caixa. O choque gerado pelo poder que o invadiu fez com que fechasse os dedos com força em volta da caixa e quase soltasse um assobio. Puxou-a para fora e a guardou no fundo do bolso do colete.

Com um rápido olhar por cima do ombro, viu a silhueta do Sekoi destacada contra a janela; atrás dele, o céu brilhava, cravejado de estrelas. Recuou pé ante pé.

Mas Alberic estava agitado, virando-se e remexendo-se entre as cobertas luxuosas. A cada passo recuado, Raffi sentia a mente ladina do anão saindo da escuridão, cada vez mais inquieta. Ao se virar para pular a janela, sentiu o momento do despertar como uma dor.

Alberic sentou-se num pulo. Correu os olhos pelo quarto escuro e, ao ver os dois, soltou um grito estrangulado de raiva. Em segundos, Raffi estava do lado de fora, deslizando corda abaixo atrás do Sekoi, tão rápido que o calor do atrito queimou-lhe as luvas. Ao alcançar o chão, escutou os latidos dos cachorros e os gritos raivosos de Alberic.

Galen o agarrou.

— Pegou a caixa?

— Peguei!

O anão meteu a cabeça pela janela.

— Galen Harn! — berrou, a voz rouca de ódio. — Você também, Sekoi! Vou matar os dois por isso!

Ele parecia um louco furioso; alguém precisou puxá-lo de volta para dentro.

— Vou matar vocês! — gritou, numa voz esganiçada.

Mas a noite estava um breu. E os três já estavam longe.

Impressão e Acabamento: Prol Gráfica e Editora Ltda.